空華《くうげ》

五十二年目のただいま

中嶋千鶴
NAKAJIMA Chizu

文芸社

この作品は、著者の生まれ育った背景をもとに書かれたエッセイですが、著者名以外、個人名はすべて仮名を使用しております。

また、現在では差別的として使用していない言葉についても、当時の昭和の雰囲気を忠実に描写するために、あえて使用しているものもあります。ご了承ください。

序

父、徳兵衛が生まれたのは明治三十二年九月十六日。

その母、安政六年六月十九日生まれのきさは高齢での出産となり、鉢巻きをして徳兵衛、幼名宗一郎を産んだと聞く。

私にとっては祖母きさは、昭和十一年に施主として、棟梁《とうりょう》である大工が普請の御礼品として贈った、鞍懸《くらかけ》の裏板にその名が書かれており存命を裏付けるが、外子《そとご》の私は、それ以上のきさについて何ひとつ知らない。


私が徳兵衛の娘として生まれたのは昭和二十一年一月二十四日夕刻六時二十分。

病室に到着した徳兵衛を待っていたかのように生まれたと聞く。

京都市の発行する、粗末なザラバン紙をホッチキスで留めた冊子の母子手帳。その年からの発行であったろうか。

私に付けられたリスト番号は七九四号と墨字で記載されている。予定日は三十一日であったが一週間近く早い出産であった。

九〇〇匁《もんめ》（三三七五グラム）での誕生は標準児の体重であろうか。

二十四節気、大寒の深い寒気の京都盆地、北東に位置する府立病院で、二十三時間の陣痛を経て私は生まれた。

終戦の明くる年のお産では、そのほとんどをお産婆さんが役割を担い、同年代の友人達は母子手帳を持っていない。


母方の祖母登志枝は明治二十八年七月二十三日生まれで、岡山県真庭郡新庄村から総勢十二人の兄弟達と共に京都へ。うち一人はブラジル移民として渡航している。

登志枝は才気溢《あふ》れ、達筆で男字を書く。京都府立病院の看護婦長となり勤務。

孫の私の出産に関しての諸々《もろもろ》を案じ、府立病院の特別扱いにより応接室を俄《にわか》仕立ての病室にして娘の出産に備えたという。

徳兵衛四十七歳、母二十七歳の娘として私、千鶴子は生まれた。

もくじ

第一章　少女の頃

出生

父と母、二人の出逢いは登志枝の念書から判明する。

それは徳兵衛の甥《おい》と登志枝の娘との見合いから始まる。

大阪中ノ島のグランドホテルの出逢いは昭和十五年辺りで、全ての伯父・叔父達は出征しており、既に登志枝の夫は腹上死。

登志枝は娘を何とか嫁がせたかったのであろう。

和歌山の某銀行家へ皇族並みの嫁入り道具で嫁《か》した娘は、叔母の横恋慕により破談で出戻っていた所請《いわゆる》出戻り娘。

登志枝の妹である叔母の悋気《りんき》。いつの世も同じ。時として計り知れぬ言動となる。

叔母は姪《めい》の嫁入り衣裳《いしょう》選びに同行し、泥大島を棚買いしたらしい。ゆえに既に母は傷物であり、無論徳兵衛も既婚の男。

見合いの帰路、徳兵衛は魔が差した。

京のタクシーは当時深夜には流さず、蹴上《けあげ》の都ホテルでの一方的な情事から端を発し、南禅寺と一乗寺の不倫関係の通い婿状態となる。

昭和十七年五月十六日、千代、通称名を「桃林」と呼ぶ私の姉が二人の娘として生まれた。

徳兵衛は産んでもいない妻の三女として入籍させて、男としての責任を果たしたのであろう。もう少し終戦が早ければ、お前は生まれてはいないと聞かされたが、私が誕生するまでの約七年間を、通い婚的な形態で続けていたらしい。

だが終戦となり、全ての伯父・叔父達は無事に帰還する。当然、火の粉は父母の関係を裂き、乳呑児《ちのみご》の私を母は捨て、四歳年上の姉を連れて、見合い相手の外務省の男のもとに嫁した。

父母から捨てられた私は、一乗寺の母屋に座布団に包《くる》まれ縁先に転がされていたという。たまたま、上七軒《かみひちけん》の芸者上がりと内縁関係にあった登志枝の弟、叔父の浩二に私はもらわれる。

生後八ヶ月の私を捨てる時、母は一乗寺の下《さが》り松の石碑の前に私を座らせ一枚の写真を撮っている。ひっくり返るのを防ぐように私のねんねこの右袖口に手を添えているのが微《かす》かな母性であろうか。

叔父の先妻は存命であったが、結核を病み宇多野に入院していた時期に於《お》ける内縁関係の芸者がいたので、生後八ヶ月の姪の赤子は格好の存在となったのであろう。

内縁関係の芸者、菊丸もまた、生《な》さぬ仲の母。三歳の頃にもらわれた里子。


菊丸の母のルーツは姫路の由緒ある家系で、烏丸《からすま》鞍馬口の明光寺には一〇〇年前の過去帳が遺《のこ》されている。

祖母ハナと私は元号違いの二十一年生まれ。不思議な縁で結ばれている。

若き日、現存する高倉四条下《サガ》ルの方位鑑定の長生館で、「アンタとこは女ばかりの三代養子や」と告げられたと懐述する。

「アンタで三代目や。子をお産みや、義理の仲ほど、辛いもんはない」

祖母が生涯に於いて愚痴らしいことを言ったのは義理の辛さだけだった。

私の往路は、不倫の果てに捨てた父母から離れての旅立ちとなった。

登志枝が府立病院の看護婦長となり、独逸《ドイツ》語でのカルテ記入の時代。

岡山県真庭郡から上京した十一人の兄弟達は、才気が溢れ覇気があり濶達《かったつ》。紅き血潮が登志枝の人生の舵取《かじと》りに大きな影響を及ぼす。入院患者との駆け落ち婚。弟には台湾への逃避行を「新婚旅行」と言っていたらしいが、岡山から出て来た田舎者の看護婦を北山別院界隈《かいわい》の大地主の息子と婚姻させることなど許されなかったのであろう。戸籍簿への登志枝の入籍は「大正拾壱年参月弐拾四日」であり、大正五年の長女、大正七年長男、大正九年次女の三人の誕生があり、末子の次男「大正拾参年」のみが婚姻後の子となっている。

幼児の思い出

私の生後八ヶ月の記憶など皆無だが、時折、突然雷光の如くよぎる途切れ途切れの思い出がある。

それらの全てはほとんどが非日常での記憶。

ランダムに蘇《よみがえ》るのは菊丸の外妊娠（子宮外妊娠）であり、二歳と数ヶ月の非日常の記憶である。

九月の下旬、京都の北東部に位置する、京都府愛宕《おたき》郡修学院村字一乗寺。盆地の相当な厳しい寒気。

辺り一面は田畑ばかりの田園地帯。日常の野菜以外の買い出しは、叡山電車の一乗寺の駅から出町柳へ。

下車して高野川と賀茂川が合流する三角州を西方向に歩くと、寺町通《どおり》と交じわる桝形《ますがた》通の商店街。

一乗寺のトマトは甘く定評だが、少し前までは〝気違い茄子《なすび》〟とあまり手懸ける農家はいなかった。

茄子や胡瓜《きゅうり》のほとんどは自家栽培で賄っていたので、賑《にぎ》やかな商店街の桝形へ出向くのは一ヶ月に一度くらいだと朧気《おぼろげ》な記憶が蘇る。

猪肉、鹿肉を主に取り扱っていた「改進亭」は寺町今出川上《アガ》ルで、当時は牛肉、豚肉よりも需要が多かった時代背景で繁昌《はんじょう》していた。

桝形通は下《シモ》の錦通に匹敵する上《カミ》の商店街。

市場、スーパーのハシリであった。

かしわ（鶏肉）や、籾殻《もみがら》に鎮座する〝おタマさん〟（卵）は貴重な品であり、入院時のお見舞品の定番であった。

九月下旬の寒気の中、祖母ハナと私は桝形通から南へ一〇〇メートルほどの府立病院へと歩いた。

祖母は桝形通で求めた籾殻に鎮座する〝おタマさん〟を抱えていたが、それは母の見舞の品。

菊丸の外妊娠の手術は、府立病院の急患扱いで一命を取り留めた。

ムカムカすると訴える菊丸に近くの藪《やぶ》医者は胃薬を処方し、祖母はカチ割り氷で腹部を冷やした。菊丸のお腹の胎児は卵管で五ヶ月を迎え、米粒くらいの一物が付いていたと聞く。祖母のカチ割り氷により九死に一生を得た菊丸であった。

私はオシッコがしたくなったが我慢我慢で歩いていた。

鴨川に背を向けて建てられた府立病院の玄関口は土足厳禁で、簀子《すのこ》の上で病院のスリッパに履き替える。頑張って堪《こら》えたが堰《せき》を切り、放たれた。

放尿は簀子の板の隙間から漏れて大理石の床に流れた。

濡れたズロースのまま南側の幅広い廊下を東へと歩いた。油びきのタールの臭いが鼻を衝《つ》く。

どん突きを左へ曲がると、大理石の薄緑色と肌色の織り成す擦り減った階段は角が取れて一段ごとの高さは低く、何千人の人々の足裏の圧力に起因する歴史のぬくもりがあった。

階段の折り返しの西側の窓から綺麗な夕焼け空が見えた。

母の病室は個室で、鴨川を頭に寝ていた。

うっすらと寝姿を憶《おぼ》えているが、粗相の後での対面は悲しかった。

寝台の部屋の手前は東面に押し入れと三畳間。対面にはコインを入れて瓦斯《ガス》を点《つ》けるコンロが一台置かれていた。

病室に入るとすぐに祖母は押し入れから白いモコモコのネルを取り出した。裁ち切られた同じ寸法のネルが幾重にも積まれていた。

ネルは手術時の出血のための使い捨てとなる、おコシ代わりの役目だったかと思う。鋏《はさみ》で裁ち切っただけのぞんざいな布地であったが、濡れたズロースを脱がせて「風邪を引いたらアカン」と、ネルの一枚を私に巻きつけてくれた。祖母の、或《ある》いは母にも優《まさ》る深い寵愛と私の臀《でん》部《ぶ》を包む温もりを、今も克明に思い出す。

肝心の帰路の下着はどうなったのか。子供の記憶は突拍子もなく抜け落ちている。

〝へんねし児〟(すねた子、の意)。養子をもらった途端に子を孕《はら》むことが往々にしてあったらしいが、その典型。

五ヶ月の卵管での胎児は稀有《けう》で、ホルマリン漬けの細長い硝子《ガラス》瓶に遺されていたとのことであった。

「アンタは運が強いなぁ、お母ちゃんに子供が出来ていたら……」

と祖母は呟《つぶや》いた。


昭和二十五年九月三、四日の「ジェーン台風」もまた、四歳頃の強烈な記憶を遺す。

非日常の異常事態の様子は鮮やかに蘇る。

養父の染工場、五十人のうちの有志や遠縁となる男衆が助っ人となり、田んぼの中の一軒家が吹っ飛ぶのを支えに来てくれた。

ガッチリした体格のヒデちゃんはふくよかな丸顔で、優しい象さんのような眼をしていた。

筋交《すじか》いに打ちつけられた平板を三人の男衆が押さえつけていた。

ポツンと座る私の前には、たくさんの非常食のお握りが無造作に板間に並べられていた。

虎落笛《もがりぶえ》は怒濤《どとう》の如く唸《うな》り、お握りを食べるような平常心はなく、私は固唾《かたず》を呑んで座っていた。


幼稚園は北山別院傍らの御坊幼稚園（通称）。

配給のミルク代も幼稚園の月謝も一番安かったらしい。片親であったことによる計らいか。

大きな御堂前での記念写真には写っているが、麻疹《はしか》、水疱瘡《みずぼうそう》、お多福風邪と次々に襲う法定伝染病に罹《かか》り、通園したのは二週間くらいであったらしい。

だが色白の美しい先生は、麻疹で寝込み、風に当たるな、と布団に包まる私の枕元で、塗り絵の描き方を「外側の周りから塗るのよ」と、赤いクレヨンで林檎《りんご》の絵の指導をしてくれた。その美しい横顔と、赤い口紅をつけた唇を私は憶えている。

お弁当箱は角丸の真鍮《しんちゅう》製で、薪を焼《く》べた達磨《だるま》型のストーブの上に載せられ温められていた。

食後には机の上で肘の内に頭を付けて小休止。

私は薄目を開けて周りを窺《うかが》っていたが、お弁当のおかずの記憶はゼロ。

北山別院の回廊は格好の隠れんぼの巣屈となり、夏の日の裸足の冷んやりとした触感を思い出す。

幼児の五感も時として強烈に蘇る。

チョコレート事件

修学院小学校の入学式の思い出は辛く、泣き腫らした眼での記念写真。

前夜、父の買ってきてくれたチューインガムを噛んで寝てしまい、チューインガムは私の右の髪の毛にベットリとついた。父が絡んだガムを脱脂綿に浸した揮発油で拭いてくれたが、ハレの日の思い出は悲しかった。

生母から贈られたのであろう、ベルベットの黒いワンピース。首回りには薄いピンクのオーガンジーのリボンが付いていた。

実父の徳兵衛は、赤いランドセルと白い皮革に赤いラインの入った紐《ひも》の付いた革靴を入学祝いに買ってくれたらしい。

入学式の記念写真には田舎の人々の服装に交じって、瞼《まぶた》を腫らした黒いワンピースの私が写っている。

養父は繻子《しゅす》で造られたビックリ眼《まなこ》の人形を買ってくれた。祖母と差し向かいで人形を抱いて寝ていた。

菊丸との内縁関係で私は安穏、平穏な日々を送っていたが、先妻の子供四人は女中に任せっ切りの生活の中で随分、苦しんでいたのであろうが、私に彼らの苦しみを思う年月は無く、ただ流れるように生きていた。


お弁当のおかずは憶えていないのに、くっきりと思い出すのは〝チョコレート事件〟。

当時のチョコレートは今とは異なり、含まれるカカオの度合いは桁違いに低いチョコレート。ロウ臭い匂いがした。

フルヤのチョコレートを近所のマリ子ちゃんに「あげる」と、半分に割って差し出した。そこに現れたのは仁王立ちの鬼の形相をしたマリ子ちゃんの祖母（登志枝の夫の姉）だった。

「うちのマリ子はそんなモン食べへん」と物凄い形相で睨《にら》んだ。

後日、「うちのマリ子」が細長いピンク色の棒状のものを食べていた。

ニョロッと細長い棒状の食べ物がウインナーソーセージだと識《し》ったのは八年後のことであったが、私は捨て子ザウルスで、乳母車で沢庵《たくあん》をしゃぶっていたらしい。

「うちのマリ子」は裕福な家のお嬢様であった。

修学院小学校への通学路は、鷺《さぎ》の森神社を北へ。傍らには水車が回っていた。

比叡颪《ひえいおろし》は容赦なく吹きつけ、冬場の通学に叡電の乗車が許されていた。

一乗寺から修学院離宮道の一駅の乗車だったが有り難かった。

田舎の小学校で、校舎の一部はタイル貼りであったが、トイレは極めて粗末な木の床板を細長く刳貫《くりぬ》いただけのボットントイレ。

落ちたら恐いと用心深く跨《また》いだが、時折お釣りが撥《は》ね反り、嫌だった。

下校時の細い畦道《あぜみち》を黒い烏蛇《からすへび》が這《は》っていた。

祖母は寝しなにいろいろなことを教えてくれた。

蛇は直角には曲がれへんから、追いかけられたら直角に曲がって逃げること。

真っ黒な細い烏蛇は微毒を持っている。

横断している蛇を跨ぐのは恐かった。運動神経も鈍く戸惑ったが、記憶はなぜかプッツリ切れ憶えていないが、咬《か》まれなかったので無事に終了。

外から見れば何の変哲もない当たり前の家族構成であり、大人の複雑な世界などとは別世界の中で、実の父母から捨てられた私は育ってゆく。

西陣の大所帯

小学校二年の六月、そぼ降る雨の中の家移りであった。私はトラックの前の運転席の三人掛けの窓側に黒猫と座り、西陣へと引っ越した。

祖母は方位の鑑定から方除《よ》けで後日に西陣へと同居する。

京都の北東部から西への家移りであった。

大宮通と智恵光院通に挟まれた裏庭のある家だった。引っ越し時の家財道具の搬入に足手纏《まと》いとなる私は、三階の屋根裏部屋の通路に黒猫を抱いて邪魔にならないように座っていた。降って湧いた突然の大所帯に戸惑ったが幼児の特権、大した疑問も感じない鈍感さで越えた。

「降って湧いた」のは養父の先妻の遺された子四人。

兄は十五歳。続いて十二歳、十歳、四歳年上の姉三人との同居となる。

兄や姉達が引っ越し前に住んでいたのは堀川通に面した高縄町、十二間通りを南に下った辺りであった。一軒家で女中一人に全てを委ねていた。

兄は昭和七年生まれの申《さる》。一橋大学に合格したが、父は跡取り息子を東京へは行かさなかった。兄は松ヶ崎の工繊（京都工芸繊維大学）へと進学していた。

両親不在の家は兄達の友人で溢れ、無法地帯と化していたらしい。

二階から友人達と並んでの放尿——末姉が両親不在の異常さを語っていた。

姉達も辛い青春の日々であったろう。

先妻の存命中からの不倫関係を知り、長姉は位碑を持って、

「お母ちゃんを殺したのはアンタや！」と叫んだという。

合併所帯の家移りは、宇多野で闘病後の妻の死からの転居であったのだろうが、末姉は月に一度訪れるオジサンが父親だとは気付かなかったという。末姉は週末には高縄町から叡山電車に乗り一乗寺の私の元へと逢いに来ていた。

幼児の稚拙さは哀しみの狼藉《ろうぜき》をつくらない。

末姉は「世の中にこんな不細工な子があるのか」と私を苛《いじ》めたが、他の兄、姉と十歳以上の年の差は子供には大きく離れ、価値観も情操も異なり、全てに倖《さいわ》いした。

菊丸は花街育ち、因習の根強い六花街。

素人の世界とは異なる世界。花街は縁起を担ぐ。京都は他県とは異なる陰湿さがあるように思えるが、堪え忍ぶ強靭《きょうじん》さは追従を許さないものがある。取るに足らぬ呪《まじな》いは傍らに居た菊丸からの受け売りだが、人生の瞬きほどのエッセンスになる。

新しい履物をおろす時には履物の裏へ、ペッペッと唾を付ける。

帰らぬ飼い猫への呪《まじな》いは小倉百人一首の下の句、「焼くや藻塩の身も焦《こが》れつゝ」と紙に書き、猫の茶碗を逆さにして伏せる。

この呪《まじな》いが効いたのか、戻って来たような記憶は一度はあったように思うが朧気。

探し物をする時には鏡台の耳へ鋏をブラ下げる呪《まじな》い。

飼い猫（黒猫に限る）が玄関先に出て客を迎えに出ると、その客人は上客と見做《みな》されるとか。

芸者菊丸を母とした、西陣の大所帯の生活は動き出していた。

京言葉

応仁の乱の山名宗全の本拠地となる至近の、西陣小学校の校歌にも詠まれて残る。

子供の頃の語彙は曖昧、極まりなく呪文の如く歌っていた、西陣小学校の当時の校歌。

〝応仁の昔、山名氏が陣セチ地とて、その名をば、今に伝えて西陣の名負い照らす我が校は……〟

宛てる漢字も理解せぬまま口遊《くちずさ》む校歌は疑問符だらけである。


西陣小学校は鉄筋コンクリートの三階建ての校舎で、タイル貼りの水洗便所も修学院の粗末なトイレとは雲泥の差であり、新しい生活は全てが好奇心をそそる。新任の、ワンマン教師率いる一クラス総勢四十九名のうち十七名が片親であったが、戦禍の災を吹き飛ばし団結力は強靭であった。

新婚の教師はやりたい放題で一クラスを操り、雪が降れば雪合戦に雪達磨作り。バケツは帽子、炭団《たどん》は両眼、平たい炭は眉毛、箒《ほうき》を抱えて出来上がり。

ワンマンだが優しく、たくさんの本の朗読。江戸川乱歩『幽霊塔』、『怪人二十面相』。音符は読めなかったがハーモニカは吹けた。

生活圏から野原は消えたが貸本屋、駄菓子屋、花屋、銭湯、下駄屋、呉服屋、床屋、飴《あめ》屋、果物屋。川魚屋は専ら泥鰌《どじょう》を捌《さば》いていた。頭を串刺きにされ、断末魔の声にならないキューキューと鳴く泥鰌が憐《あわ》れで悲しかった。

菊丸は青魚のアレルギーで秋刀魚《さんま》、鯖《さば》、鯵《あじ》、鰯《いわし》などは全く食べられず、私は嫁ぐまで背の青い魚を食べた記憶はない。

仕出し屋から注文の焼魚が届いたが、鰆《さわら》や鯛《たい》、真魚鰹《まながつお》など、白身魚がほとんど毎晩のおかずだった。

元来アレルギー体質であったのだろう。

菊丸が條虫《さなだむし》に苛《さいな》まれ、逆虫《さかむし》で口から戻していたのは不気味だったが、沢庵を齧《かじ》っていた一乗寺の頃からは天国と地獄の差。「うちのマリ子」が食べていた、ウインナーソーセージも食べることができた。

毎晩、祖母ハナは焼魚を捌《ほぐ》し熱御飯にまぶしてくれた。総勢八名の食事は先発組と後発組に分かれての態勢で、兄や姉達とほとんど顔も合わさず、家庭内は思ったより遥《はる》かに平穏な生活となった。

内風呂は五右衛門風呂。火吹き竹で薪を焼《く》べて湯船に浸《つ》かる私に祖母は湯加減を尋ねるが、五右衛門風呂の底板の留め金の三ヶ所を外すまいと必死に体重を真ん中にかけて、周りの鉄釜に触れるまいとしていたので、湯加減を応える余裕はなかった。

先妻組の兄や姉達の入浴時などには一切遭遇してはいない。不思議な家族であった。

いつの世もイケズは存在する。

友達の家に遊びに行くと、その母親が「これ、アンタのお母さんの若い頃の写真や」と見せた黒い台紙のアルバムには、肉シャツを着て相撲取りの廻《まわ》しを付けた四人の芸者衆が写っていた。

初めて母の素性を知った。愕然《がくぜん》として、どう応えたのか憶えてはいない。

二度とその家の敷居を跨ぐことはなかった。

恐ろしかった五右衛門風呂から、一丁（約一〇九メートル）ほど南の工場のボイラー室の蒸気を利用した風呂へと変わり、祖母と私は広い智恵光院通を通って風呂をもらいに行った。兄や姉達はどうしていたのかは不明。全ては階下と二階で分断されていた。

会社の玄関口は四枚の大きな硝子の引き戸で、事務机が並び部屋の奥には大きな鉄扉に風景画が描かれた観音開きの金庫があった。

西陣界隈の最盛期であったのだろう、織機の定期的なリズムを打つ機械音はひしめき合い、西陣の町を潤していた。

手織で黙々と土の上でコトコトと帯を織る頑固さは、職人気質以外の何者でもない。トユ屋の主人は赤銅の加工をトントン、カンカンと奏でていた。

力道山の空手チョップで世の中は沸き歓喜の渦。観客席にいる美空ひばりの姿が映された時のテレビ観戦は仕出し屋の居宅。有名な健康食品の社長宅も近隣にあったが、当時は今のような評価はなかったと思う。

その少し後にテレビが家に来た。クラスの男友達がテレビを観に我が家に来ていた。相撲の廻しがズレるのを待っていたり、「ひょっこりひょうたん島」のリズムが世の中に少しの灯を点けてくれていたように思う。

他愛もない人形劇だったが、誰も居ない夕刻、私は一人でテレビを観ていた。

テレビの普及から少しずつ、織機の機械音は、巷間から消えていったような気がする。

雑穀を取り扱う大きな問屋もいつの間にか姿を消していった。


傍らの祖母ハナは明治二十一年、菊丸は大正二年、養父浩二は明治三十五年生まれなので、私はその影響を受けて、友達の言葉遣いとは異なる奇妙な「だんない」を連発していたらしい。

「ダンナイカ!!」は「構へんか」の京都弁。

花街の言葉もまた特殊であるが、明治二十一年生まれの祖母の言葉には閉口した。

そのほか、思い出すままに京言葉を羅列してみる。

「カクスベ」は、蚊を燻《いぶ》る蚊取り線香のこと。

「もうカニココや」は、赤子が世に出て初めての便が第一語源となるが、第二語源となるのは「精一杯」「ぎりぎり」。

「カク」或いは「カイテ」とは担ぐことを表す（一寸かいてくれへんか、とか）。

「オナコウドサン」は媒酌人の仲人のこと。京都ではなぜか末尾に○○さんと付ける。

「セェダイ」は盛大の表意文字を充てるか、精一杯を表す言葉。

「ヘチャ」は特に女に向けての言葉か、不細工な顔を指す言葉。

「オシャマ」は年齢の割には大人びている、主に子供に向ける京言葉。或いは全国共通の標準語であるのかも知れないが、京都にドップリの私には正確なことは分からない。

「ネコイラズ」は殺鼠剤《さっそざい》のことだが、京特定の言葉かは定かではない。とにかく猫を飼うと鼠は瞬時に逃げるらしい。

「テンゴ」はお馴染みの「もて遊ぶ」ことを表す。冗談とも置き換えられるか、悪戯《わるふざ》けの意味も含んでいると思うが。

「コセババ」はありとあらゆることに口を出す、主に女の老齢者に対しての言葉。「ジジムサイ」という言葉もあるが、これも京言葉だろうか。

「ジジムサイ」との相対する言語、「ヤッス」は綺麗に顔や身体を整えること。

「オツレ」は親しい友達のこと、或いは同胞。

「オテショ」は自分の前に置く取り皿のこと。

「オマットサン」はお待ちどうさん、お待たせを意味する言葉。

「イケズ」は言わずと知れた意地悪のこと。

「キヅイ」はわがままにエキセントリックを加えたような言葉。イケズとは兄弟語的。違いは、「イケズ」は他者を巻き込むが、「キヅイ」は己本人のみのことを言うのだと思うが。

「キヅツナイ」は申し訳ないとありがとうの合併語みたいな感覚の言葉。

「ホカス」は捨てることをいう言葉。若い人は知らないが、京都で生まれ育った人は「捨てる」とは言わないと思う。押しなべて「ホカス」。放り投げるみたいな動きも併せて使う京言葉。

「オテカケサン」は愛人妾のこと。

「ホドライコ」は一昔前の京言葉。程々に見繕ってという意味。

「オヰド」はお尻のことで、主に女が用いる公家言葉。

「オヰドを割る」は途中で一方的に契約を放棄すること。以前、交際期間が長くあらゆる人の反対に遭って結婚を止めたいと思った時に、菊丸と同じ上七軒の女将に「あんたハン、ここでおゐど割らはったらアキマヘンエ、人生波乱万丈になりますえ」と言われた。表現が生々しく、何となく感覚が掴める言葉であり、胸を突いた。その後おゐどを割ることなく結婚したが、添い遂げることは出来なかった。

「ヘナチョコ」は弱々しい様の言葉、威厳のない様。

「シガンダ」は覇気のない様、萎えている様の言葉。

室町筋と西陣ではまた異なる。花街の「〇〇どすぇ」などは、素人は遣わない語尾であり、妙に耳障りに響く。

「憚《はばか》りさん」は、「ご苦労さん」と「ありがとう」を含めた京言葉。「憚る」が語源か？

余談だが、九条山の父徳兵衛は、山の上まで届けてくれる宅配便の配達人に、「ハバカリサン」と必ずピン札の千円を手渡していた。父への荷物をこぞって配達人は届けた。

実父徳兵衛が野点《のだて》で東京からの友人に「チョチョコバッテ待ちましょか」と言い、友人には通じず首を傾げたという。

「チョチョコバル」は「ひざまずく」との講釈となろうか。関東圏へ嫁した友は、「かしわ」（鶏肉）が通じないと嘆いていた。

蛇足だが、貸本屋が一丁ほど先にあり、毎晩八時にクラスの男子との逢瀬を愉しんでいたらしいが、記憶の欠片《かけら》すら無い。

「勝手癇症《かんしょう》」とは言い得て妙。多種多様な「癇症」は、いつの時代にも存在する。

手術

野原の生活から街中の喧噪《けんそう》にも慣れて、屈託のない日々を過ごしていた。イケズの友達の家は避けて二度とは遊ばなかった。

初夏の夕方、友達の家から帰宅すると右脇腹が痛い。すぐに近くの医院へ祖母ハナと診察に行く。

寝台に寝かされ右脇腹をギューッと押され、先生に「離した時と押した時のどっちが痛い？」と問われたが、正直、分からなかった。

わからないとは言えずに「離した時」と応えた。

即、「盲腸や」と。近隣の外科の先生への手配。

翌朝の手術が決まった。盲腸が何であるか、大人達の説明はなく、曖昧に「離した時」と応えたが、手術をして盲腸たるモノがなかったらどうしようと気が気ではなかった。

鮭《さけ》茶漬けを食べて、外科の医院へと祖母に連れられて手術室へ。

小学校四年の六月上旬であった。手術台に寝かされて「海老のように身体を曲げて」と局部麻酔の注射。即、腸が引っ張られ吐き気を催して真鍮製の勾玉《まがたま》型の容器に吐いた。

「女の子やから、傷口は少なく二針……」とかの会話を憶えているが、何の意味を持つのかも判《わか》らなかった。

一週間ほどの入院だったろうか。梅雨の雨が畳部屋に漏れ、落ちる水滴を洗面器で受けていた。祖母と二人並んで寝ていたが、私のお腹には三本の半円形の鉄棒が掛布団との間に置かれて接触を防いでいた。

医師に水も飲んではいけないと言われ、祖母は、

「花瓶の水は、飲んだらアカンえ」と、飲んで死んだ人の話をした。脱脂綿に浸した少しの湿り気で唇を拭いて、喉の渇きを癒やしてくれた。

盲腸はあったのだと、私は安堵《あんど》した。それは犬や猫が吐き出す毛の塊のような物で、十五センチくらいの立派な物であった。

ワンマン教師が数名の有志を率いて見舞いに来てくださった光景は、昨日のことのように憶えている。

卯年《うどし》生まれの温和な先生だった。

元軍医の医師の奥様が作ってくれた料理はロールキャベツ。

こんな美味《おい》しいモンが世の中にあるのかと感激した。食べるのは専ら魚類であり、牛肉も豚肉も、かしわもほとんど食べてはいなかった。

他の友人達とは一桁違いの祖母や父、菊丸。

中学になり牛肉を食べた記憶はあるが、ごく稀《まれ》にしか食卓には載らなかった。

退院時に迎えに来た母菊丸に先生は、

「二〇〇〇人くらいの子供を手術しているが、ほとんどの子は泣き叫ぶが、お宅のお嬢ちゃんは肚《はら》の据わった、大したお嬢ちゃんです」

と話したらしいが、盲腸の何たるかをきちんと説明してくれなかった大人達。知識がないというのは怖いもの識らずで、「知らぬが仏」とは、よく言ったものだ。

その夏の若狭高浜への臨海学校の合宿は、ＢＣＧ接種の際に疑陽性となり参加できなかったが、寄せ集めの積木の箱の家族は大した諍《いさか》いもなく、平穏な生活であった。

衛生掃除

跡取り息子の結婚に困り、会社に隣接する家移りとなった。

当時、会社の休みが纏まって取れるのは盆、暮れしかない時代であり、年の暮れの引っ越しであった。全ては会社の男衆の助っ人で、引っ越し業者などはいなかった。

私は中学生となり、御所の西側に位置する上京中学へと入学する。

西陣校の一クラスから十二クラスへ。

室町、小川、桃薗《とうえん》、中立《ちゅうりつ》、西陣の小学校からの巨大群団。戦禍の下の児童数は減るが、五校の集団は膨らんだ。

世界的音楽家の父で、全国に先駆けて吹奏楽部を創設した指導者、鳥を描けば右に出る人はいないといわれた日本画家、日本におけるアンデパンダンの創始者など、奇才異才の先生で溢れていた。

会社に隣接した家は台湾人の貿易商が建てた家で、電話室も設置され畳の数は一〇〇枚を超え、洋室もあるモダンな家であった。

当時は夏に一斉に大掃除をすることになっていて、「衛生掃除」と呼ばれていた。地域ごとに定められた日に一斉に畳をあげて床板に新しい新聞紙を敷き、ＤＤＴなる虫除けの粉を撒《ま》きちらす。人手のない家は閉め切り、外部の塵埃《じんあい》を避ける。

畳は道路へ横長に並べられ、蒲鉾板《かまぼこいた》は畳との間に空間を作り、重宝した。畳の間に溜まった埃《ほこり》は、濡らした新聞紙を団子状にクチャクチャにして丸めて撒き箒《ほうき》で一掃。

料亭辺りは畳が黒染《くろず》むからと新聞紙は避けたらしいが、埃は縁先から庭先へと掃き出した。

箒から掃除機へ、掃くから吸う時代へと移る。

畳の上に家具が多くを占めないことで出来た掃除形態であった。障子や襖《ふすま》に代わり密閉のサッシへと全ての仕様が変化してゆく。

手元の手帳には、「一九六六年五月二十九日（日曜日）に衛生掃除」と書かれているが、その後はどうだったのか、また、他県にも「衛生掃除」なる地域一丸となった一斉行事があったのかは判らないが、盆地ゆえの高温多湿な気候がもたらした、京都特有の年中行事の一つであったのかも知れない。

丸函《まるかん》の平型の脇には五つほどの穴が開けられていて、押すと白い粉が吹き出した。殺虫剤であったのだろう。

身体に及ぼす悪影響など、あまりにも無関心で鷹揚《おうよう》な時代であった。

私を苛めることに生き甲斐を感じていたという四歳年上の姉は、中学生になって十五センチ身長が伸びた私に一目置き、苛めはなくなっていた。

引っ越し前と同じように二階の六十畳くらいのスペースは先妻達の居住圏となり、私は階下の居住。滅多に顔を合わすこともなかった。姉達は山登りやスキーに出かけ、ほとんど家には居なかった気がする。

私の勉強部屋は階下の三畳のサンルーム。

養父のお古の、右袖に引き出しの付いた大判の和机が私の勉強机となった。安っぽいベニヤ板の造りであったが、大きな机に満足していた。

菊丸を「お母ちゃん」と呼ぶのは私ひとりで、兄や姉は「おばさん」。養父は兄や姉に呼称を変えるよう求めたが、兄や姉は一切を拒み、受け入れることはなかった。

結核で逝った、彼らの生母への思いは、計り知れない悲しみがある。

手袋の女

中学生となり、周りから「芸者の子、芸者の子」と揶揄《やゆ》されたが、それを祖母や母に告げたことはない。

全ては大人の秘め事と暗黙のうちの了解。

大人達の気配を読み取り見抜く術《すべ》を、私は既に会得していたような気がする。

長姉、次姉は各々の相応《ふさわ》しい結婚相手を伴侶とし嫁した。


冠婚葬祭のほとんどを自宅で行っていた時代であり、四ツ目建ちの四十畳近い畳間。末姉は洋室へ、私は八畳二間を部屋とした。階段も西と東にあり、ほとんど接触はなかった。

洋室と異なり欄間からは寒気が流れ込み、無論エアコンなどは無かったのでホーム炬燵《ごたつ》のみでの暖房。我が家に練炭はなぜか無かった。

台所の三畳間には火鉢があったが、祖母の煙管《キセル》のスス煤の掃除には、煙管《キセル》の底をその火鉢の炭で加熱して、クチュクチュと出る真っ黒い苦い臭いの液を紙撚《こより》で通していた。その途轍《とてつ》もない異臭は強烈な記憶となって遺る。

祖母ハナは「桔梗《ききょう》」という銘柄の葉煙草《はたばこ》を煙管《キセル》で吸っていた。四方から三角に糊《のり》付けされた袋入りで、人差し指と親指でひと摘《つま》みした煙草の葉屑を美味しそうに吸っていた。主に食後であったような気がするが、いつの間にか「桔梗」煙草は吸わなくなっていた。紙撚《こより》がピンと立てば良い嫁ぎ先に往けるとか。祖母、母はピンと立ったが、同じように撚《よ》っても私はフニャフニャであった。


兄は施錠具のない襖で仕切られた私の部屋に、パールバックの『大地』、スタンダールの『赤と黒』『戦争と平和』、ドストエフスキィの『白痴』、分厚い三段の本を持ち込み、読書を勧めた。

パールバックの『大地』は、私を目醒めさせ三代に亘《わた》る雄大な世界観に浸った。

兄は読書を促したが、度々私の部屋への侵入を加速し、蒼《あお》い性を求め、性加害を当たり前のように繰り返してくるようになった。

誰にも言えず追い詰められた私に、ボーイフレンドは「手紙を書け」と勧め、兄に手紙を書いた。

姉達から苛められていた私を不憫《ふびん》に思い至った行為であったとの釈明文があったが、「悲しむことはない。お前にはお前のことを心配してくれる実の父母がいる」と告げられた。

青天の霹靂《へきれき》。なぜ私が小説の主人公のような宿命を背負うのか、愕然とした。父も母も違うとは。

兄は生母の存命を伝えたが、二十歳の年の差のある実父の生死は不明だと告げた。

生まれて父の顔を知らずに私の命が絶えることとは、私の生命の否定と同じ。涙が覆う哀しみは、どん底の辛さではない。

奈落の谷底を這う時に涙は存在しない。

実父の顔を一生涯、知らずに逝くのかと、言いしれぬ寂寥《せきりょう》感が私を覆った。

浩二と菊丸は、睦《むつ》まじい仲の良い夫婦であった。

祖母ハナが「三十六年間、喧嘩《けんか》など一切ない夫婦である」と言っていたが、「今朝は珍しく喧嘩してはるのや」と訝《いぶか》し気に私に告げた日を憶えている。

一般論に「死に別れの後添いには嫁すな」と。

死んだ妻の良い思い出しかないからであろう。生き別れの、憎しみは睦まじい仲ほど増悪は倍増し、良い思い出とは無縁の別離。

菊丸は先妻の生前からの内縁関係であり、廓《くるわ》の女を娶《めと》る養父の菊丸への情愛は、並々ならぬ強い覚悟を要したであろう。

遺された子供の屈曲した哀しみとは裏腹に、夫婦仲は極めてぬくい香りに包まれていた。


東山通五条上ル東入《イ》ルの半茶という席貸屋であったろうか。

生母の指定した日、十八歳の九月二十八日に、兄は私を連れて実母に逢わせてくれた。

実母と兄は従兄弟女《いとこめ》の間柄であり、遠く血の繋《つな》がりはある。二十歳年上の徳兵衛とは無縁。

指定された半茶に夕刻の四時前に着くと、母は西を向いて既に座っていた。

生後八ヶ月で捨てられた子に母の記憶は全くない。

初めて見る母に感激もなく、心に一度だけと決めていた故の、私の冷静沈着さであった。

美しい女《ひと》であったが、私は八ヶ月で捨てた女を母として認めてはいない。如何《いか》なる弁解をしようとも現実が全てを物語るのであり、虚空の作り話などには一切揺るぐことのない決意であった。

私の前に座る婦人の、手編みのレースの手袋だけが異様に心に残っている。

一度逢えばそれで良い。育ててくれた父母を裏切るような行為は不道徳。不義理。不条理。

レースの手編みの手袋の女は、二十歳年上の実父は存命と伝えた。無性に嬉《うれ》しかった。

それだけで良かった。

が、母は既に連れて嫁した姉千代を亡くしており異父弟を産んでいたが、娘は傍らにはなく、淋《さび》しさがあったのだろう。

二条城西の京都府立第二の女学校跡に建てられた府立、朱雀《すざく》高校の下校時に私を待ち伏せしたのは、それから一ヶ月も経たない十月初旬。

逃げ場が無かった私は実母の強引さに捕まった。

いつの世も子供は親に翻弄される運命。

レース編みの手袋の女。美しい女だったが、母としての色香には遠く及ばない冷酷さを私は感じていた。

レースの手袋の女が実父の徳兵衛に逢わせてくれたのは、翌年の松の内の一月七日。夏の家と冬の家に住み分ける徳兵衛は、高利貸との注釈付き。夏の家の九条山は映画・演劇会社の元社長宅。片手の額で、昭和三十四年に求めている。

一月七日は冬の家。山科四宮。

レースの手袋の女のアポなしの訪問であったのだろう。

高利貸しの徳兵衛に狡猾《こうかつ》さは、娘の欲目であろうか、全く感じなかった初めての逢瀬であった。

東京に発つ間際であったのだろう。

苦々しくレースの手袋の女を見下ろし、紫檀《したん》の姿見の前で袴《はかま》を穿《は》き、兵児帯《へこおび》を締めていた。

高利貸しの阿漕《あこぎ》さや、後に聞く二〇〇〇人の女との放蕩《ほうとう》。そんな卑猥《ひわい》さもない威厳に満ち溢れていた初老の男の姿であった。

レースの手袋の女同様に、私の姿に感激もない徳兵衛であった。

ただ、茫然《ぼうぜん》と凝視している冷やかな自分の感情に驚いている私が居た。

徳兵衛は苦々しく私を見下ろして、差し押さえの品であろう時計の入った箱を差し出し、

「二つ好きなのを取れ」と、ぶっきらぼうに言った。

男物と、アンティクレディースウォッチの南京虫の時計を選んだ。

産み、捨てた二人の男と女との再会は終わった。

第二章

京都のこと、あれこれ

花街の流儀

六花街で一番古い歴史を持つのは、意外な気もするが上七軒《かみひちけん》であるとか。小ぢんまりした舞台だが、確か小さな池もあり、回り灯籠が点き、夕刻には小さな規模ながら幽玄の世界を醸し出し、市井の世界からは逸脱した小空間を造っていた。

一番古い花街の歴史を遥かに超えたプライドの高さを誇るのは祇園の甲部《ぎをん》である。甲部と乙部（のちに祇園東）の境界線は諸説紛紛《しょせつふんぷん》で、定かではないが、天と地ほどの違いが歴然と存在しているのは周知の事実である。

ある時、地方新聞社のS氏から〝祇園の女《ひと》〟（後には酒の銘柄にもなったが）の執筆に際し、当時の祇園の花街の取材にと元名妓への依頼があった。そこで岩倉在住の名妓に連絡をしたが「そんな雑魚みたいな取材はよう受けまへん」と言下に断られた。

しかし、私が徳兵衛の娘だと出自を明かすと、たちまち態度は一変した。「ならば受けましょう」と快諾ではなかったが、承諾を得た。

人と人との仁義には特にうるさい徳兵衛であり、すぐにその旨の連絡を入れたところ、高島屋の商品券一万円分と菓子折りを持参せよとのお達しがあった。

京都人はなぜか高島屋御用達の人々が多かったような気がする。

S氏を同伴して岩倉へと接見の儀。

座るや否や、「断っときますけど徳兵衛ハンの紹介やから受けたんどすぇ、失礼やけどあんたハンみたいな雑魚の取材は普段は決して受けまへんのや」との厳しい一言。

心の中では失笑したが、これぞ本物の甲部のプライドかと平身低頭。恐れ入りました。

地方紙のS氏も、それなりのプライドがあり、間に挟まった仲介役の私は父からの厳命、慌てて求めた商品券と菓子折りと共に、二人のプライドの間で萎えていた。

ひと息ついたところで、〝ギンコナッツ〟(銀杏《ぎんなん》の意味の英語だが、漢字由来の、音からくる英単語で、珍しい語源なのだと知る)……かっての祇園の甲部の名妓は、ギンコ(ウ)のナッツと憶えてますネンと、昔を偲んで高らかに笑った顔には自信が満ち溢れて眩しかった。

着物やダラリの帯。これは一般の帯尺の倍、七・二メートルもあった。普通の帯は三・

六メートル。衿元やら着物の全てを合わせると一〇〇〇万円は優に超える金額だった。

祇園の一力亭、昔は万屋という名前であったとのことだが、そのビール一瓶の値段は四万円の相場であったらしい。日本を少し動かしていた政治の中枢の、密会場のひとつとして存在していたのであろう。

花街の人間は口が堅かった。それは市井の素人の世界を寄せ付けない、確固たる地域性に護られていたという証しにもなろうか。

一力亭で行われる大石忌。大石内蔵助の命日の三月中日には一力の当主が酒器、お銚子と杯を別注で誂《あつら》えて焼き、巴の紋が手描きで入れられて顧客に配る。

決して売り物にはしない京の真骨頂の心意気の最たるものであろう。ガラクタの中に我が家にも残っている。

京の片隅にて

・白松《ハクショウ》のこと

京都大学北部校舎に、理学部と農学部がある。

ノーベル物理学賞受賞者のひとり、湯川秀樹記念館も東側に銅像と共に建てられている。

少し北へ行くと京都大学では多分一番古い歴史を持つ校舎があり、その前には、不思議な木肌を持つ松が、辺りの樹木からは桁外れの威厳を漂わせている。

中国では聖なる白松であり、美し松、赤松、青松、大王松などとは違う松。自転車で瞬間見た松の地肌に心を奪われた。木肌は宛《さなが》ら白樺のようであったが、葉は一〇〇パーセント〝松〟。

しかし学生達は一切の興味も示すことなく往き来している。添えられた説明書によると、中国からの寄贈とあるが〝白松〟なる松を、少なくとも私は、京都では一度も目にした記憶はない。

・お地蔵さん

京都大学は主に北部と南部に分かれている。南は吉田本町の地名、北は北白川追分町、滋賀県に抜ける山中越えがあり、北白川通に抜ける手前一〇〇メートル程のところに大きな一体のお地蔵さんがある。〝子授け地蔵〟との俗名を持つお地蔵さんである。

昭和十七年辺りの区画整理で、旧山中越えの道は新しく出来た今出川通に押し潰された格好となり、学童達の細い一方通行（時間指定の）となった。

京都大学の構内に集められたのは三十二体のお地蔵さん。追分町の人々は地蔵盆で真新しい涎《よだれ》掛《か》けを作り、八月二十七日、二十八日の大日如来の日を〝地蔵盆〟と定めていたが、近年は世話人の平日の確保も難しくなり、土曜日、日曜日との現代版となっていった。よそはその殆どが二十一日と二十二日で、大日如来の日とは異なる。

数十年前に三十二体のお地蔵さん達を少し北へ移動させるという計画で、コンクリートの台座が造られていた。しかし工事にかかったところ、二人の人足《にんそく》さんが事故死となり、工事を中断し祈祷をすると、三十二体の内の、二体の若い成仏できていないお地蔵さんがあるということで、祟りが怖いと北への台座の引っ越しは中止となった。

コンクリートで造成された台座は、少し北に今も残っている。

町内の組の持ち回りで、お供えの花は盛夏にも枯れることはなくお地蔵さんを護っている。涎掛けも真新しいのを付けられて、京都大学北部構内の東南隅に三十二体が位置している。お地蔵さんは達者であり、幼児達の安穏無事を祈願して見守っている。

・龍神様

京の北東、貴船神社の奥宮に龍神様が棲むという小さな洞穴があった。遠い昔にNHKのインタビューで、龍神様に遭遇し、他言をするなとの約束を破って口外したという話をされている時に、私は居合わせている。他言をしたということを忘れないようにと、以降その長老の苗字が〝舌《ぜつ》〟さんとなったとか。

今は洞穴の小さな裂け目は見えなくなっているが、左手にそびえる御神木、桂の丸い葉がそよそよと揺らぐ、天空からの溢れる霊気を感じる、正しく京都のパワースポットである。

ふたりの父の記憶の欠片

騎兵として出征した養父浩二だったが、戦争にまつわる体験談はほとんど話さなかった。戦地名は忘れたが、部下の兵隊達を少尉として引率し、「進め、止まれ」と片手に旗を振り、進んだというが、振り向くと誰ひとりついては来ていなかったという話には失笑した。しかし極めて生々しい事実であり、末姉と二人、笑ってしまったことが悔まれる。

九条山の実父はアサヒの小瓶の黒ビールと普通のビールを半々で割り、上機嫌になると微酔《ほろよ》いで紅潮した頬にビールのコップを傾けて、

「徐州徐州と人馬は進む　徐州居よいか住みよいか……

友を背にして道なき道を　往けば徐州は夜の雨

すまぬすまぬを背中に聞けば　馬鹿を云うなとまた進む

友の歩みの頼もしさ……」(「麦と兵隊」)

と歌った。

郵便はがき

料金受取人払郵便

新宿局承認

2524

差出有効期間
2025年3月
31日まで
（切手不要）

160-8791

141

東京都新宿区新宿1－10－1

(株)文芸社

愛読者カード係 行

ふりがな お名前			明治 大正 昭和 平成 年生 歳	
ふりがな ご住所	□□□-□□□□			性別 男・女
お電話 番 号	（書籍ご注文の際に必要です）	ご職業		
E-mail				
ご購読雑誌（複数可）			ご購読新聞 新聞	

最近読んでおもしろかった本や今後、とりあげてほしいテーマをお教えください。

ご自分の研究成果や経験、お考え等を出版してみたいというお気持ちはありますか。

ある　ない　内容・テーマ（　）

現在完成した作品をお持ちですか。

ある　ない　ジャンル・原稿量（　）

書　名				
お買上 書　店	都道 府県	市区 郡	書店名	書店
			ご購入日	年　月　日

本書をどこでお知りになりましたか?
1.書店店頭　2.知人にすすめられて　3.インターネット（サイト名　　　）
4.DMハガキ　5.広告、記事を見て（新聞、雑誌名　　　）

上の質問に関連して、ご購入の決め手となったのは?
1.タイトル　2.著者　3.内容　4.カバーデザイン　5.帯
その他ご自由にお書きください。
（　　　）

本書についてのご意見、ご感想をお聞かせください。
①内容について

②カバー、タイトル、帯について

弊社Webサイトからもご意見、ご感想をお寄せいただけます。

ご協力ありがとうございました。
※お寄せいただいたご意見、ご感想は新聞広告等で匿名にて使わせていただくことがあります。
※お客様の個人情報は、小社からの連絡のみに使用します。社外に提供することは一切ありません。

■書籍のご注文は、お近くの書店または、ブックサービス（0120-29-9625）、セブンネットショッピング（http://7net.omni7.jp/）にお申し込み下さい。

実父は甲種合格とならず出征していない、身長が足らなかった。別誂えのハイヒールで補っていた。

戦争への出征もまた、相対する二人の父の残像。

極度のアレルギー体質だった九条山の父。若い頃は心臓弁膜症と医師から告知された。医師は牛乳を飲めと勧めたと言い、その通りにしたら治ったという。

ただ、体質にも起因し薬は嫌った。朝鮮人参など祇園の女将が持参しても一切を拒否した。市販の風邪薬で酷いアレルギー症状となり、以降風邪には卵酒、便秘には腐りかけのバナナを食べるのを貫き通し、薬の一切を拒んだ。

西陣の父は高価な栄養剤の大瓶を近くの薬局から取り寄せて欠かさずに服用していた。また、頭痛薬二〇〇錠の瓶入りも、頭痛持ちの父の常備薬だった。

その栄養剤は、書物によると「服用を続けると心臓に影響を及ぼし、アメリカでの販売は許されていない」との記述。便秘で緊急入院した父は狭心症だったのか、心不全で十時間後に逝った。

兄や姉達が結婚し、浩二、菊丸、ハナと、私は遠く血の繋がる浩二を除けば全て義理の仲であったが、ハナの十月十三日の誕生日を除けば、全て半月以内の誕生日。各々の立場に於ける水臭さはまた、関与しない程良い距離を保ちながら、それなりの平穏さや安穏さに包まれた日常であった。

祖母ハナは生涯義理の仲で、私との密な仲以外、自分の存在に負い目を感じながら宗教に縋《すが》り今を生きていた。

早目の沐浴を終えると襖を少し開けて、浩二、菊丸の座る居間に「お先にいただきました」と三つ指を突いて告げる祖母ハナが哀しかった。浩二は私と菊丸に、「儂は欲が深かったんやなぁー」と呟いた。

十二人の兄弟姉妹達全ては恋愛結婚であったが、浩二だけが見合い婚で、結核で早逝の先妻との人生を悔いた。浩二の姉登志枝も台湾への逃避行の末の結婚であり、何となく近い情愛を抱く。

亥年生まれの九条山の父とは、さながら通い婚に似たような逢瀬であり、殆どの日常は知らない外子《そとご》の宿命であった。

ポツリポツリと時折昔の日常を語る九条山の父には黙って頷くだけが殆どで、ひと言でも口答えをしようものならば怒涛の如く浴びせられる罵声は、血を受け継ぐ子の特権で、周知の事実。頷くだけが私の最良の逃避口であった。

「儂は腹立てやが、女に手を挙げたことはない。暴力は智恵の行き詰まりや」と言ったのは少し意外な感覚だった。

米は粗末にするなと説く。八十八回人の手を操《くぐ》るから……と。

岡山出身の養父は、美味しい御飯を望んで頑なにガスの炊飯器が良いと珍しく譲歩することなく、炊飯器はガスを貫いていた。

二人の父は共に煙草を吸うが、九条山の父は出逢った頃、綺麗な木箱に収められた葉巻を吸っていた。パイプの煙草も時折あったが、鳩の濃紺の丸缶、黄金比のデザインのピース。ペラッとアルミ製の蓋をめくると芳香が辺りに漂った。

円山公園の傍らに煙草王の遺した文化遺産の建物が現存するが、素晴しい香りは煙草を吸わない者にも沁みる芳香であった。

その後は〝ゲルベゾルテ〟という、硫酸紙に包まれた細面いラグビー球みたいな楕円形の両切り煙草を吸っていた。ヘビースモーカーではなく、〝ふかし煙草〟だった。

実母はヘビースモーカー。女学校からの喫煙で〝アプレゲール〟、今でいう不良少女だったらしい。

実父は両切り煙草の吸い差しを鋏で切り、取り置き、また吸うが、煙草を挟む両方の指は黄色く変色していた。ここで捨てたら税金分しか吸っていないと訳の分からん口釈を唱えた。

西陣の父は医師の警告に従って突然ピタリと煙草を止めている。

西陣への家移りで、大人達は各々の葛藤に苛まれての日常であったろうが、幸い私は幼く、父の寵愛を感じながら暮らしていた。

畳の上に寝っ転がり、煙草の煙を輪にしてプカプカと天井へ浮かばせてくれた父。優しさに包まれた幸せを子供心ながら満喫していた。

小さな中庭に床板を張り、末姉と私の勉強机が二つ並んだが、姉は二階の長姉、次姉の二階へと直行し、並んだ机は無用の長物となっていた。しかし私は祖母ハナが居れば極上の幸せであり、先妻組との何の禍いも表面化せず、日常は流れていた。

私が少し成長し、時折、二階へ誘われるがままに行き、年長の姉達と興じた魚鳥木《ぎょちょうもく》という遊び。「魚鳥木、申すか申すか」とリーダーが言い、当てられた人が魚、鳥、樹木の名称を言うもので、私には難しかったが、少し大人の仲間入りを許されたようで嬉しかった、遠い思い出がある。

相対の二人の父はまた、〝味の素〟でも極端な見解であった。西陣の父は大好き。白菜の漬け物に白雪の如く振りかけたが、九条山の父は悉く嫌った。

明治三十二年と三十五年生まれの二人の父の唯一の共通点は、音楽に対する造詣が皆無であったこと。

その一切を二人は認めなかった。

また、人に暴力をふるわなかったことも同じだった。

寡黙な西陣の父と饒舌な九条山の父。

二〇〇〇人の女を斬る九条山の父。

芸者上がりの菊丸に涎掛けをあてがわれ、食卓に着く西陣の父。

気難しい九条山の父と鷹揚な西陣の父。

二人の父はN弁護士の父君、忠治氏の明晰な見解からも対照的な父親であった。

先妻の子は近所の新婚の兄を除いて嫁し、残ったのは私ひとりになり、浩二と菊丸は日々を睦まじく平穏な時が訪れていた。

父は豚毛のブラシに石鹸をつけ泡立てて、菊丸の顔をステンレスの片刃の剃刀で剃る。私はいつも掘り炬燵のある居間に下りた。父の傍らで墨を磨り、習字の練習。達筆の父が私の練習の字をチラチラ見る。穏やかな夫婦仲で私は育った。

物心つく頃も、父が帽子を被ると泣いたという。赤児から傍らで育てたのは私ひとりであり、疎開していた兄や姉達ではなかった。先妻も兄も姉達も、戦禍の只中とはいえども辛い時期であったろう。

三十七回の家移りの何軒目となるのかは不明だが、昭和十年前後に、実父は御蔭《みかげ》通りに掻き落とし仕上げのドイツ壁の、瀟洒《しょうしゃ》なレンガ造りの洋館を建てている。

京都大学北部校舎の北に面するのが両脇を槐《えんじゅ》の木で覆われた御蔭通りであり、御蔭とは東の先にある円山廟への道であり、仕えて伏せるという意味の仕伏町も、またその語源となる。槐の木も珍しい樹木であり、二条城の一角にもあるが、戦後地元の人々に因り植樹されたとか。

初めての学生の食堂として吉田食堂が建てられ、規模は小さいが確かに現存している。殆んど同時期に建てられたF・延子さんに売却した家屋は船家具を使っての普請。払下げの電信柱には防虫剤が仕込まれており、虫が喰わないと買い取っている。御蔭通の洋館は西の少しの部分を残して近年取り壊されたが、ドイツ壁の掻き落としの一角には名残がある。

室戸台風は昭和九年九月二十一日に上陸し、九一一・九ミリバール（今はヘクトパスカル）という、陸上の最低気圧として記録的のもの。瞬間最大風速は六十メートル／秒。最大風速は四十五メートル／秒だった。

近くの平井町の独大使、M邸の建築途中であったが、その大屋根が数十メートル吹き飛んだという。徳兵衛が、屋根が吹っ飛ぶということはキチンとした隙間のない普請やからやと、その普請を褒め称えていた。

徳兵衛は無信仰、無宗教を生涯貫いた。森羅万象に神は宿ると言い、莫大な金を握った後でさえ、一切ほかすのを嫌った。外子《そとご》の私に回ってきたのは碍子《がいし》（電気と絶縁するために使用する器具）のテーブルタップ。一部が薄いブルーになっているが、ドイツのマイセンなどに輸出されていた、有田で焼かれた有田焼であるそうな。

ソニーのポータブルテレビも、六十年近く前、徳兵衛に出会ってすぐの頃に持って帰れといただいた物。画面は小さかったが、テレビは一台しかなく、自分の部屋で見られるのが嬉しかった。無論モノクロの時代の話。

西陣の父は寅年の由縁か、鞍馬山への月詣りを欠かさなかった。自分の父が中風で十二年間寝たきりとなり、母の苦労を察してからの信心であったのか。

鷹揚であったが人に強いることのない柔和さと、一瞬にして煙草を止めた断固たる意志の強さを内包していた。日本一短い距離を走るケーブルカーがまだなかった頃に、菊丸と三人で本堂まで登った。

外から見れば当たり前の親子連れだが。

往路には四苦八苦したが、復路は素早く下山した私を見て、「ウサギみたいやなぁー」

と。

「なんでウサギ?」と問う私に、浩二は「ウサギは前足が短いからや」と答えたのを憶えている。

祖母ハナは逝く間際に「アテはもうアカンなぁ」と呟いた。小さな頃から「おばあちゃんが死んだら私も市電に轢かれて死ぬ」と、いつの頃からか、私の口癖になっていた。

祖母の背中を擦《さす》りながら涙が溢れた。気付かれないように祖母の背中を擦っていた。

「アンタの頭痛《アタマイタ》はアテが持っていったげる」

「ホンマの子でも出来ひんことをしてくれて……」

「お父ちゃんは仏さんみたいな人や。お母ちゃんは鬼や、お迎えがくるからアテにはみんな見える。お母ちゃんはアテと同《おん》なじような目に遭わはる」

そんなことを断言し、数時間の後に逝ったが、握っていた指先から血の気が失せたのは夕刻七時五分、七夕の前日七月六日、菊丸と私と川の字になって寝たいとの願いを叶えての最期だった。

無信心、無宗教、人と迎合することなく、媚びることなく群がることなく我が人生を謳歌し、生き抜いた徳兵衛がよく口にしたのは「冥加が悪い」。寄り集まる女達にピン札をポチ袋に入れて……何故か、万札よりも五〇〇〇円札や五〇〇〇円札を好んだ節がある。

バラ撒いていた〝お札〟は冥加が悪くはなかったのかと、徳兵衛の人生哲学の身勝手さを思うが、全ては彼の人生、彼のお金、彼の哲学から由来する確固たる結果。

彼が目の前で多額な金をバラ撒こうと所詮、人のお金、私はお金を持たなかったが、人のモノと自分のモノとの区切りは、誰に教え込まれるとは無関係に私の脳裡の中枢を支配していた。

お金にも、徳兵衛を見る目も冷ややかに醒めた私がいた。

一匹狼の徳兵衛は一人で指せる将棋。片や、浩二は麻雀を好んだ。「お父さんいはる？」とK弁護士からのお誘いが、ガラガラ声の奥様からの電話が入る。浩二の唯一の娯楽であった。

殊に客人達が溢れていない時、かしわのミンチを生姜や葱を絡ませて小さな団子状にして、昆布出汁で食べた、通称〝徳兵衛鍋〟。二人で差し向かいで食べた思い出。汁物、卵、かしわ、魚は甘鯛が殆どであった。ひと昔前の〝京の魚〟は鯖寿司。塩と酢での保存食くらいであり、海は遠く、当時は新鮮な魚にはありつけなかったのであろう。魚の干物は食べたが、徳兵衛も魚は嫌いだった。西陣の父は下戸。菊丸は背の青い魚のアレルギー。祖母の作る鰈《かれい》や平目、真魚鰹《まながつお》、鰆《さわら》の煮付け。お刺身など食べた記憶はない。無論鍋物は皆無、すき焼は殊に。

徳兵衛が汁物を「ハァーッ」と、吐息と共に美味しそうに食べた思い出。昨日のことのように鮮明に蘇ってくる。

京のあれこれ

西陣界隈の大宮通りには〝たんきり飴〟を売る飴屋があり、生姜の味で美味しかった。甘い物は飴ぐらいしかなかった時代であり、少しずつ森永のミルクキャラメルや明治のキャラメルが、一箱二十円ぐらいであったろうか、売られるようになった。銀杏の実に似た〝乾《かん》パン〟のお菓子は素朴な味で、安かった。

私は祖母から貰った二十円を持って駄菓子屋に走った。硝子《ガラス》の蓋で整然と並べられたケースにたくさんのお菓子が入っていた。ぶら下げられた秤《はかり》の上に、二辺を閉じた紙袋を三角にして、若旦那が銀杏菓子を入れてくれた。私が求めると少しオマケが付き、たくさん入れてもらえた。

十歳以上年の差の姉達の靴を、留守中に下駄箱からこっそりと出して、石畳の裏に続く通路でコツコツという靴の音を愉しんでいた。大人の世界の音だった。

祖母ハナの子宮筋腫の手術は、里子の菊丸の育児から一段落した頃、北山通りの名医、I病院の副院長夫人の父親が施術した。遺品の中にハナの紋である桔梗の花の消毒用具が残っている。

少し質《たち》の悪い膿腫であったが、手術後の接合は夫婦仲を裂き、ハナは手切金を渡して別れたと聞く。昔の話は一切口にはしなかった祖母だが、「アンタは子をお産みや、義理の仲ほど辛いもんはない」と言っていた。

明治二十一年生まれの一人娘のハナ、子のない哀しさは今の不妊とは多少異なり、辛い〝おなご〟の言いしれぬ悲しさを思う。

元の夫は若い女と再婚したと菊丸から聞いたが、ハナからは一言も聞くことはなかった。厳しく菊丸を育て、菊丸の幼い頃「あそぼ」と友達が来るが、玄関先でハナを見ると、「いや、おカァさんいはるの、ほな帰るわ」と厳しい母に懐くことはなかったという。

寺之内通りに面して妙蓮寺というお寺があり、珠算の教室はその中の塔頭《たっちゅう》であったが、入って直ぐのところにある〝御会式桜《おえしきざくら》〟は日蓮大聖人が御入滅になられた時開花した言い伝えのある桜で、十月十三日前後から咲き始め、翌四月八日のお釈迦様の御生誕の頃に満開になる。後年に知ったのだが、赤穂浪士四十七士のうちの四十六士の遺髪が遺されているという寺である。

花街の者は比喩表現を得意とする。決してダイレクトには言わない。京のイケズの根幹があるように思う。
「あの人は御室《おむろ》の桜（仁和寺に咲くアツもの。八重の背の低い桜）や」とは、鼻の低い人を婉曲的にいうこと。当たり触りのない言葉での文化は人を傷つけない。
その表現を厭味と取るのかは見解の分かれるところだが、どこか〝京の茶漬〟と類似点がある言い廻しである。

午、初午の干支が三が日のうちに入っている年は火が早い。火事等々の災禍が多発する年となると言う。

祖母ハナと菊丸と私は、幾度か上七軒の元芸者の家を訪ねている。
〝おかねさん〟と呼んだ人には男の子が居たそうな。本家に男の子がなく、旦那さんに本家にと請われたが、おかねさんは本家に子を渡さなかった。少し色黒のドングリ眼の女の人だった。

息子はやがて京都のホテルで修業を重ねて、上七軒に洋食屋を開店し、母親の芸者名をネーミングとしたカレーを販売し、人気になった。

後年にも某宝飾店副社長の、上七軒の外子に男の子が生まれている。

大層賢い子で、洛西高校へと進学し、絵の勉強をしたいとアメリカに留学した。しかし災禍は突然、降りかかった。

友人宅を訪れた時、友人夫婦の喧嘩に巻き込まれ、撒かれたガソリンの炎の中で大火傷を負った。

当の友人二人は無事であったが息子は大火傷、アメリカのだだっ広い病院へと母は駆け付けた。

息子の危篤の報せを受け馳けつけた母は、無論英語は喋れない。

母は、大病院に到着し大声で「私は日本から来た○○と申します。○○が居たら手を挙げておくれやす」と絶叫に近い声を張り上げて息子の名を呼んだという。

何十人、いや何百人の大病院。体中包帯を巻かれた、透明人間状態のような息子は、微かな息で右手を挙げた。

人の機嫌や周囲の人々との上下の空気感を瞬時に会得する本能的な智恵は、長年のお座敷を仕切る芸者達には必要不可欠なものであったろう。

間を取る術や機転機知は、市井の人々の安穏な日常とは異なり、秀でる天賦の才が存在《あ》る。

昭和五十年代の空路は長時間のフライトであったが、息子は日本からの母を待ち、虫の息で母に応えた。母の手を握って「ありがとう」と応えて逝った。

母の到着を虫の息で、異国の大病院で待っていた息子。現実の哀しい話である。

負の連鎖であろうか、同じ時期に旦那さんの副社長も急逝しており、米国との時差があり、地方紙の新聞の〝黒枠〟（今は個人情報の問題で掲載されないが）には、父と息子、二人の名が並んで記載されたという。

息子に生涯の愛を傾けた母は、夢遊病者の如く、生きる力を失っていたが、地方紙が息子の作品を数点、写真入りで掲載し、その後個展の開催に漕ぎつけていた。

この事象を、人は偶然というのか必然と見做《みな》すのかは、神のみぞしる怪奇であろう。

思い出あれこれ

・祖母ハナとの思い出

当時、ミルクも或いは配給であったのだろうか。米穀通帳は見てはいないが、そう聞いた記憶がある。私の〝母の欄〟に記入がなかった故なのか、ミルクは一番安い金額であったらしい。北山別院の御坊幼稚園でも保育料はランクがあったのだろうか。

叡山電車の一乗寺の駅の近くに医院があり、高熱を出し祖母と行ったが、「高いお薬ですよ」と渡されて、その場で薬を飲まされ、その高価な薬を、帰りの薩摩芋畑で吐いた。子供心ながらに高いお薬を吐いたという自責の念は強く、日の暮れた畑の土を探してくれと泣いたらしい。「もったいない、もったいない」を連発し、祖母は困り果てた。

数え年の四歳まで殆んど言葉を話さなかったので、もったいないと言ったのは満三歳以上のことであったのだろう。

三つ児《ご》の魂百までか。幼児の記憶は強烈に残る。

・縁日のこと

不気味な脚のヤドカリ君は、金ダライの中をエイリアンのような脚でカシャカシャと音を立てて這い、粗末に作られた梯子を登ったりしていたが、不気味さからか、求めた記憶はない。

隣で飴細工のおじさんは……、そう、おばさんの飴細工には遭遇した記憶はなく、常におじさんだった。

芋飴だろうか、柔らかい飴を瞬く間に仕上げ、雀の舌切り鋏で形を作り、器用に食紅の緋紅や明るい萌黄色の筆で着色すると、見事に兎《うさぎ》や馬や羊さんが仕上がっていた。しかしこれも、可哀想で食べたことはない。

オヤツはたまに来る、智恵光院通のポン菓子。

祖母に少しのお米を貰って三十メートル程走り、ポンと勢いよく飛び出る、何十倍にも膨れ上がった〝ポン〟がオヤツだった。僅かな一握りの米が膨大に変わる愉しさは子供心を高揚させるに足る充分な出来事であった。

・古い京の田舎

〝子捕り〟。今では考えられないが、子をさらっていく輩が居た。野良犬の捕獲だけではない。現実に当時の田舎、修学院辺りには出没していた。夕暮れ時に捕まれ逃げた記憶が朧気にある。流石に西陣にはそんな野蛮な形跡はなかったが、田舎と街の中心部では全く異なる景色があった。

京の言い伝え

京都にはたくさんの習わしがあり、いまでも受け継がれているものがある。京都ならでは、というものだけではないが、思いつくままに書いてみた。

殿方は一ヶ月に一度はこんにゃくを食べないと〝砂下ろし〟が出来ない。殿方は往々にして尿路結石を発症することからの忠告だろうか。

刃物は跨ぐなと小さい頃から言われたが、跨ぐと身体のどこかが切れていると言われた。

燐寸《マッチ》は絶対に触るなと厳しく言われた。

夜尿症（通称オシッコタレ）になると脅かされた結果、私は十八歳になるまで燐寸を擦れなかった。

玄関の上がり框《かまち》の敷居を跨ぐなとも言われた。敷居は当主の頭であり、その頭を砕打するのと同じだとの教唆とか。

三味線を張る皮は生後三ヶ月以内の雌猫の皮。それ以上成長すると皮が硬くなるのだとか。無論、現在は知らないが、遠い昔に聞いた菊丸の話である。

産みたくない胎児を堕ろす時はほおずきの種を呑む、或いは患部に挿入するとか。実母は私を産みたくないと試みたらしいが、私は堕りなかった。傍らに居た祖母ハナが相談を受けて「お産みやす」と助言したという。祖母は「アンタとアテは縁があったんやなぁ」と後年呟いた。

カメムシ。別称は臭いからクサムシともいうが、大量発生すると雪が多い年となる。因みに雪が降るのは序の口の寒さであり、現にドイツの北、ハノーファー辺りは降雪が少ない。それよりも厳寒のアイスバーンとなる故に、雪は殆んど降らないと在住の友が言っていた。

椿の花弁が葉っぱよりも下に咲くと、雪が多い年だとか。

夜に爪を切ると親の死に目に遭えない。

ご飯を食べて直ぐ横臥すると牛になる。

写真は三人で撮ると真ん中の人が早逝する。

旬の初物を食べる時には、何故か東の方角を向いて笑う（伏見の従兄妹は西を向くと言うが、諸説粉々。京都は他県の人が思うほど狭くはない）。御礼の儀は「まんまんさん、アン!!」とよく言った。

〃まんまんさん〃とは得体の無い神様のことであったろう。〃アン〃は御礼のお辞儀の言葉。

霊柩車に遭遇した時は親指を丸めて隠す。

お便所（ハバカリ）の掃除をすると別嬪さんになる。祖母ハナのことばに釣られて、私は二十センチ角の紅色のタイル敷きの男女の便器をよく掃除した。

年長の姉三人は山登りに忙しく、階段は西と東での別世界での生活空間。殆んど顔を合わすことはなかった。全ての家事、賄いの仕度は祖母ハナが黙々とこなしていたが、美しい照りのある紅色タイルとは裏腹に、汲み取り式のトイレからはニョロニョロとウジ虫君が這い出てきた。

全て、殆んどの家族構成は義理の仲というのが理由であり、芸者上がりの菊丸も、父浩二の先妻の遺した兄や姉へ苦言を言えるような立場ではなかったであろう。

祖母ハナが黙々と全ての家事をこなしていたのも、生《な》さぬ仲の哀しさが根底にあったような気がするが、私は何ひとつ気付くことなく、過ごした遠い日々が悔まれてならない。

御薄《おうす》をたてる手も〝甘手《あまて》〟と〝辛手《からて》〟があると聞く。

或いは針を使って針山に突き差している針が、錆びる〝塩手《しおて》〟と錆びない〝油手《あぶらて》〟との関連も左右するのかは不明だが。

鉄釜でクツクツと沸かしたお湯にはたっぷりの鉄分が含まれて、〝おうす〟の甘味を醸しだすのかも知れないが、珈琲はヘタったお湯で淹れるのが美味しいが、軟水を好む紅茶とは相反する。

半世紀以上前、フランス在住の友が、硬水から軟水への調整に活性炭を買い求め、その値上がりをボヤいていたのを思い出す。日本は軟水の宝庫であり、洗顔などにも無形の恩恵を及ぼしているのであろう。

井の中の蛙《かわず》、大海を知らず。出てみないと知らない世界は限りなく拡い。


腹帯のこと。身籠《みごも》ると何やかやの因習に似た風習があり、各々の土地で多種多様であろうが、京都の北部、所謂洛北では（全国的にも同じようだが）、身籠って五ヶ月目の戌《いぬ》の日に安産祈願をして、腹帯をするとされている。戌はお産が軽いから、という理由のようだ。

衣笠山の近くには通称名〝わら天神さん〟（敷地神社）がある。

わらは〝藁〟であり、ここでは晒しの腹帯と共に、御祈祷済みの小さな熨斗袋《のしぶくろ》に入った五センチ弱くらいの藁をいただくが、その藁に節《ふし》があれば授かるのは男の子、節がなければ女の子。殆んど五分五分の確率で、大した神の加護とは言えないが、ちなみに私の場合は一〇〇パーセントの当たりとなった。

これを単なる呪《まじな》いと取るか、そうでないかは人それぞれだろうが、遠い昔の全てが自然の中での摂理であり、現代のめざましい科学の世界とは程遠い、或いは幽玄での世界だったのかも知れない。

夢現《ゆめうつつ》は時として夢から逸脱し現実となる怪奇現象も存在する。

早く帰ってほしい客人には部屋の外に箒《ほうき》を逆さに立てて、丁寧にするならば日本手拭いの頬被りをさせた。

ネズミ達は天井裏の運動会。そんな時には箒の穂先を天井板へ付けてゆっくりゾロゾロと這わせてゆく。ネズミ達はそのゾロゾロの音を蛇と間違えて、ピタッと動きを止める。

夏の土用に二回丑の日が入る年は猛暑となる。

占《まじな》いのひとつにあるのは蛇の脱皮した皮や百足《むかで》の死骸を財布に入れておくとお金が入るらしいが、現代版の宝くじバージョンで確約はないが。

天神さんと弘法さんは仲が悪い。天神さんの縁日は菅原道真に因んだ二十五日、相対する弘法さんは二十一日が縁日。殆んどの京の地蔵盆会式が行われる日である。

片方が晴れると片方は天気が崩れるのだと菊丸は言っていた。時折、それを裏付ける天候となったのを経験しているが、確かではない。

上七軒にある老舗の和菓子店「老松」は、かつて車屋さんがあったところであるらしい。

猫にまつわる話

私は生後八ヶ月から実父母の元を離れたが、菊丸が猫好きで、私の傍らにはいつも猫が居た。

昔の猫の餌は魚屋さんからの〝アラ〟だった。鱧《はも》の骨は柔らかいからと、菊丸は湯がいて数匹の猫に与え、猫は喜んで「ウメェウメェ」と食べたらしいが、翌日に全て死んだという。

今思うに鱧の骨は三角になり尖っている。多分それが猫達の食道を突き刺したのであろうか。

同じようなことが数年前にあった。

鰯《いわし》を求め、私の飲んだ紅茶の葉の残りで背の青い魚のエグ味を取ってやろうと、鰯と共に湯がいて、猫にあげたが、翌日キジトラの仔猫が、薄い血の色の液体を吐いて死んでいた。

他の仔猫と二十三年生きた二毛猫は傍らに居た。外の野良猫にも与えたが、合計五匹の猫が死んでいた。

後日、獣医さんにその話をすると、猫は紅茶を分解する消化酵素を持っていないということだった。

犬は紅茶を分解する消化酵素があるが、犬はミルクティーとケーキが大好き。

恐らく紅茶のタンニンと、鰯に含まれる青魚の成分が毒性に変化したのだろうか。

全く識らなかったことだが、五匹の猫は毒殺となった。


猫の耳が熱いと眠たいのだとか……。

猫が手水《ちょうず》を使う時、その手が耳の後ろまでぐるぐると天気は晴れとなり、耳の後ろをくぐらなければ天候は曇りだとか。湿度との関係か。


紅茶事件の難を免れた二毛猫は二十三年生きた。

最期を看取ろうと傍らで見守った。午前四時過ぎの明け方、猫はそれまで横臥《おうが》していたが、ムックリと身体を起こして数歩歩いた。そしてペタッと右下に倒れ、左の後ろ脚で顔を数回掻き、四肢を精一杯伸ばして背伸びをし、深呼吸をして息絶えた。

高村光太郎の詩の中に智恵子の最期が書かれている記述がある。
「昔、阿多々羅山の山頂でした様な深呼吸をして……」
猫もまた同じ生き物であり、死に様にも共通点があるのかも知れない。

この長寿の二毛猫は、平成二年五月十九日の養父の祥月命日に、生後二週間目くらいで我が家に来て、平成二十五年四月二日午前四時過ぎに天寿を全うした。村松友視著『アブサン物語』の主人公のアブサンは二十一年。我が家の雌猫のチャックも長寿で猫生を終えた。

傍らで見守っていたのは野良猫が産み落とした五十グラムの肉の塊。宛らネズミのようでツルツル。毛も何も生えてはいなかったが、岡山で八ヶ月という早産で生まれた未熟児の長兄を、タライでの沐浴が良いと聞き、養父が沐浴を続けて蘇生したとの話を思い出し、小さな肉の塊を洗面器に張ったぬるま湯で、「生きろ、生きろ」と促して猫のミルクで育てた。漆黒の肉球、髭まで真っ黒の雌猫となった。

河原町三条を東に行くと京阪電車の駅（今は地下に潜った）がある。ひと昔前にはナイトクラブの〝ベラミ〟があった。

その北側には〝だん王《のう》保育園〟。京都では一番古い、働く人のための夜遅くまで預かる保育園がある。

その母体である檀王法林寺の境内には、江戸時代に端を発する守り猫がいる。主に夜盗人から家を守るという黒猫で、右前脚を上げた黒猫の像は、金の鈴を付けて、大小様々なサイズで売られている。

和猫の耳は二等辺三角形、洋猫の耳は殆んど正三角形。顔は、和猫は細長く鼻先が尖っているのに対し、洋猫は鼻ベチャで押し潰したような形が多い。しかし今は種々雑多に入り乱れており、判別は不可能である。

名称の不思議

京都には鯖街道があるが、日本海までは少し遠く、交通の便もよくない。

モダンな港町は神戸であり、京都人は不思議に、実父徳兵衛も、朝食にはパンを好んだ。

半世紀以上、人が朝昼晩の規律のある食事を勧めようとも、決して譲ることはなく、朝昼兼の午前十一時頃と晩御飯の一日二食を貫いた。

徳兵衛と共に暮らしてはいないが、朝食時の味噌汁はなかった気がする。他府県に比べて京都人、というか関西人は昔はあまり味噌を使わない。

岡山出身の養父は、味噌汁の仕上げに味醂《みりん》をポトポトと落としていた。八丁味噌が定番だったが、私は朝にパンを食べ、養父の作った味噌汁を飲んでいた。昼前のお米は喉につかえるようで、食べなかった。

神戸は京都にはない異国情緒があり、午前中に売り切れるというフランスパンのバゲットを求めて、山手の「フロインドリーフ」によく出向いた。

神戸の〝きつねうどん〟は何故か〝しのだ〟とメニューに記載されていた。

何故〝しのだ〟なのかと長年疑問を持っていたが、ある本からの発見。神戸の〝しのだ山〟にはキツネがたくさん居たそうな。なるほどと積年の疑問の謎が解けた（註・大阪信太の森のきつねの伝説から、という説もあり）。

関東圏では油揚げをのせたものを〝きつね〟、天かすがのったものを〝たぬき〟とのメニュー記載となり、河原町通り蛸薬師上ル東入ルの蕎麦屋〝大黒屋〟では、註釈付きのお品書きとなっている。コロナ禍で閉店となり、現在は大丸店のみ。

ちなみに京都の〝たぬき〟は細かく切ったお揚げに餡《あん》掛けで、葛《くず》を溶いた餡を掛ける。餡のみが上にのっかるのは〝あんかけ〟で、上にはたっぷりの土生姜がのり、身体を温めてくれる。味付きの大判のお揚げは甘きつね（細かく切ったお揚げと区別されている）。

京都はよく土生姜や、虫下しの役目をするという山椒を使う。夏は蒸し暑く冬は北東からの比叡颪《おろし》の風が吹く。この地形がアメリカのミシガン州に似ており、京都至近の滋賀県とミシガンは姉妹都市で、琵琶湖には遊覧船のミシガン号が就航する。

ミシガン号は実父徳兵衛がリタイヤした元芸妓達数人を連れて乗っている。かつての名妓とはいえども、年老いた元芸妓を遊覧船に誘うような耆徳《きとく》な殿方が何人存在するだろうか。

途轍《とてつ》もない優しさと傲慢さ。

この落差が徳兵衛の波乱の人生、尚且つ、奈落の谷底から這い上がる化物のような人生航路をつくったのだろう。この振り幅の大きさは最期まで徳兵衛に寄り添い、或いは彼の保身に役立ったのかもしれない。二三〇億（今の金に換算すれば）をバラ撒き、放蕩の果ての破産宣告。

〝無一物、中、無尽蔵〟をよく口にした。「儂はそれまで財を守ることしか考えてはこなかったが、全てを無くし、この言葉の真の意味を悟った」と。人は金儲けの話をしたら寄ってくる。金儲けは無尽蔵に拡がる。

傍らの母きさは、ひと言の小言もなく跡取り息子の放蕩を見守ったが、「お前は河原乞食か気違いになる」と往く末を嘆いた。

一度だけ死のうと、木箱一杯のピーナッツを求めて猿の居る山へと行ったが、猿達はピーナツを歓んで食べ……ピーナッツがなくなると、赤い尻を向けて山へと戻って行った。

「世の中はそんなもんや、人は金に群がって寄ってくるが、金が失くなると散らばってゆく」

ならば……生きてやろうと肚を括ったという。金貸しにヤラレたから金貸しになって仕返しをしてやろうという単純明快な発想は的を射ている。

「ヘタるなょ」と再三再四、私に言った。

「コセババになるなよ」も幾度か口にした。限りない無限大の自由さを私に示してくれた。閉鎖的な京都に育ち、莫大な金をバラ撒き、三十七回の家移りをし、晩年には多少の財を遺して逝った徳兵衛。

悔いのなかった人生は、何よりの神様からのご褒美であったろう。

途轍《とてつ》もない優しさと傲慢さとの落差は、岩をも削る滝の落差のような無限のエネルギーで、それが徳兵衛の艱難辛苦の逆境を越える力となったのかも知れない。

人に迎合することなく、群れない媚びない一匹狼。

家族や家庭という形態とは無縁な人生であったが、孤独を友として泰然として生きた。

生涯、一切の肩書きを持たなかった。

孤高の老兵は九十五歳で逝った。

祖母ハナの知恵袋

西陣の父は「米さえ美味しければそれで良し」。美味しいご飯にこだわった。芸者上がりの菊丸は一切の料理をしない。包丁を持っている姿も記憶にない。明治二十一年生まれの祖母ハナとは血の繋がりはなく、三歳の時に下坂本から貰われて来た里子。一人娘のハナの婚姻時の袱紗《ふくさ》が残っている。女として子を持たなかった哀しさは……と、明治生まれのハナの寂寥感に偲いを馳せる。

全て義理の仲で日々の家事を黙々とこなしていた。私は三度豆の莢《さや》から豆を出す手伝いは記憶にあるが、ハナにはあらん限りの我儘で甘えていたと思う。

隣の会社に突然入ってくる、遠い親戚を名乗る輩《やから》も居て……。

しかし養父は何の疑いもなく全ての人々を受け入れていた。ハナは十人近い人数の賄いを、時折父と共に調理した。兵隊での経験もあり、父の作る肉じゃがは秀逸であった。

チョロチョロ水を出してお米を研ぎ、他の家事をするハナ。「こうするとム〻クリ炊けるんや」と言っていた。そして父が頑なに執着したガス炊飯器で、ムックリしたご飯の出来上がりとなる。

お米を研いで水からあげると米は割れる。チョロチョロの水で浸して炊いたお米は柔らかくムックリ炊ける。ハナの知恵袋。

テーブルスプーン程の番茶をたらして食卓の机を拭いていたが……。茶渋のタンニンが油汚れを取るという節理か。番茶は煎茶とは異なり、解毒作用がある。産後直ぐ飲むことを許されたのは水と番茶のみ。

夕刻、お腹が空いたという私に、片手に粗塩を塗り、炊き上がったばかりの熱々のお米で、大きなお握りを作ってくれた。

熱々の炊きたてのご飯で、ハナの手は火傷のように赤く爛れていた。何の手伝いもせずキヅイ、(気随)な娘時代に思いを馳せる。

すまなさと後悔が溢れるが、もう祖母に届くことはない。私だけが生き甲斐であったろうが、ハナに何の恩返しも出来なかったことが悔やまれる。

六十歳前から私を育ててくれたハナ。

私の盲腸の手術の後にも、花瓶の水を飲んで死んだ人の話や、蛇《へび》に追いかけられたら、或いは、陽の暮れの夕刻時、誰かに追いかけられた時は、どこの家でも良いから入ることも教えた。困っている時は他人様の家に無断で入ろうとも誰も咎《とが》めることはないと教えられた。七十年以上の時を経ても、私の脳裡にはハナの言葉が蘇《よみが》える。

相手がいくつであろうとも早すぎることはない。しっかりと認識を持つことは後の人生を巧みに生きるための滋養、栄養となり、その小さな人格を形成していく大事な要因になるものだと思っている。


ハナは江戸柿、渋柿を好んだ。これらは米櫃《こめびつ》の中に入れて醂《さわ》した（渋柿の渋を抜くこと）。十人所帯の米櫃はトタンでできた箱で、一升の米を毎日炊いており、一俵近い米の中に渋柿を入れておいたが、そのうち一個を取り忘れて、中の米がオレンジ色に染まっていたことを思い出す。

またハナは、ピリピリするような熱さの沐浴を好んだ。幼児の体温は高く、私には苦痛以外の何ものでもなかったが、「肩までお浸りや」と桧《ひのき》風呂（五右衛門風呂から少し格上げの）に浸った。簀子《すのこ》の洗い場で私の身体を細部まで洗い、自分の指に石鹸を絡ませて、私の五本の足指の間を洗ってくれた。

後年、姪っ子とお風呂に入り足の指先の間を洗ったが、「お父さんの洗ってくれへんとこをチィちゃんが洗ってくれはった」と報告すると、従兄弟が「お前どこを洗ったんや」と。

今更ながら祖母ハナの慈しみが身に沁みた。

今でいう〝青汁〟も、七十年以上前にハナは辺りのオオバコ、ゲンノショウコ、ヨモギ等々を擂鉢《スリバチ》で擦《す》り、飲ませてくれた。

味は記憶にはないが、躰には最良の滋養であったろう。

第三章

そして、別れ

訪問

短大への推薦入学も決まり、日々の予定を書き入れる手帳に空白の日、快晴の四月十日。

メラメラと一月に逢った徳兵衛への思慕が疼《うず》きだした。

突然、降って湧いた制御不能な思慕。

タクシーを拾い、レースの手袋の女と往《い》った道を右へ、左へと指示し、何とか辿《たど》り着いた四宮の冬の家。

玄関口のホーンを押し一瞬戸惑ったが、「先日寄せていただいた千鶴子です」と。

アポなしの訪問であり、あと少し遅ければ出逢いはなかった。

徳兵衛は琵琶湖《びわこ》畔の紅葉館へ行くという。花街の女衆と祇園《ぎおん》の某お茶屋の主、総勢十人ほどであったろうか。場違いな〝醜い家鴨《あひる》の子〟状態の私はポツンと座っていた。

ハイヤーが迎えに玄関口へ。徳兵衛と二人、後部座席に座った。ベルベットのタイトスカートに置いたハンカチを、

「可愛いハンケチを持っているのやなぁ」

と優しい微笑《ほほえ》みで語りかけた。

生後八ヶ月で別れた実父が、私に初めて掛けてくれた言葉である。歓びが身体中の毛穴から吹き出すほど嬉しかった。

自分の意志で逢いに行ったことで、私を受け入れてくれたと感じている。

ハイヤーが来る直前に逢えたことは神様の贈り物。

夜八時となり、これからは大人の時間だと小遣いの一万円をくれた。

西陣までのタクシーは小一時間であったが、私は高揚して帰路に就いた。

レースの手袋の女には感じなかった懐かしさが心の中で渦を巻いていた。

堰を切ったように徳兵衛への思慕は高まり、家庭形態をほとんど持たなくなっていた父の生活で、私との逢瀬を遮る壁はなかった。


徳兵衛は呉から女中奉公に来ていた所謂《いわゆる》「上女中」を孕ませ、二人の娘を産ませて妻としていた。

無論、祖母登志枝のように例外もあるのだろうが、男女の愛情の前提などは論外中の論外であった時代背景から、徳兵衛の妻への認識も花街の戯れ言とは異なる類《たぐい》の愛情表現のひとつであったろう。

共に暮らした年月は知らないが、別居の発端となったのは、妻が火鉢のカヽラヽゲヽシヽを簀子《すのこ》の容器に入れ、「段通《だんつう》に落とすからやめとけ」と再三再四注意を促がす徳兵衛の忠告も聞かず片意地に続けたことで、或る日カラゲシの欠片《かけら》は高価な段通（中国製の絨毯）を焦がした。

妻もまた酉《とり》年の片意地さを持ち、徳兵衛も亥《い》年生まれの猪突猛進型の直情人間。一度決めたら一切の言い訳など聞く耳を持たない男であり、二人は別居状態となっていく。

「人の不幸は蜜の味」ではないが、それは私の逢瀬には倖いとなる。


昭和三十四年に買い取った夏の家を終《つい》の棲処《すみか》とした。

道の北側には御所専用の浄水場があった。

二十四時間アカアカと電気が点いていて職員の人が常駐していた。

仙洞御所に一〇〇メートル以上の井戸の掘削工事が昭和六十一、六十二年頃に行われており、御所専用の浄水場は姿を消した。

私は足繁く九条山を訪れた。

僅かな小遣い銭だけの目的ではない。心を揺り動かす徳兵衛という男性に惹《ひ》かれていったのだった。

西陣の町工場の雑多な世界とは異なり、幽玄味を帯びた大人の世界は私の好奇心の発火点となり、私を引き寄せた。

多感な十九歳での徳兵衛との出逢いは、思ってもみなかった人生航路へと舵を取る。

家は京都市内が眺望できる高台にあり、普請好きの父は回り廊下の庇《ひさし》を持ち出して幅広く一メートルに拡げていた。

三十七回の家移りのほとんどは金儲けの手段であったのだろう。

今で言う二三〇億近い金を遣い果たし無一文となるが、全ての事実は取り巻きの人々からの話であり、徳兵衛からは二〇〇〇人の女の下ネタも何ひとつ聞いたことはない。

「人格は腰から上や」と豪語していたが、二〇〇〇人の女を斬った父の姿を想像することはできない。

折々に出逢う九条山の人間模様。多種多様な老若男女は宛《さなが》ら人間動物園。

際立った出逢いは「トクさま、トクさま」と呼ぶ妖艶なY女史。某作家は「白蛇」と喩《たと》えたが、真っ赤な口紅で特殊な着物姿は殿方を魅了した。

「儂《わし》の女版や」と言ったが、桁違いのお嬢さん育ち。

對龍山荘に育ち歌を詠み、海老をひっくり返した油絵で日展へ。多才な女人である。

全て父の異なる四人の娘を産み、全ての娘に「美」を付けて上から順番にフ。エ。ル。ユ。と名付けている。

菊丸は「酉の一白は助平星や」と言ったが、Y女史は酉年。某有名歌人が「酉年に生まれ賜えし君なれば……」と詠んでいる。

三〇〇人近い殿方と交わり、九条山での出逢い時にはあまり好きな人ではなかったが、忘れ得ぬ思い出がある。

Y女史とすっぽん料理を食べに行くという予定の日、私はたまたま九条山に居た。

西陣の「大市《だいいち》」は私の家の帰路の通過点。九条山からのタクシーで父と私は岡崎のY女史宅へ迎えに寄った。

Y女史は「一人前増やしときましたぇ。お嬢さんやさかいに」。

徳兵衛は、「小娘にはお子様ランチで充分や、取り消せ」と怒った。

「そやかて、他の人ならせぇへんけど、お嬢ちゃんやし……」と。

偏食の私はすっぽん料理など食べたいとは思わなかったが、私に向けられた温かい気遣いは花街の女将などとは違う素人の心遣いである。廓の世界はどこか陰湿さを秘めている。

派手な出立ちとは裏腹な、深い母性をY女史から感じた。

「見かけで人を論じてはならない」と心温まるY女史の言葉を抱きしめた。


某茶屋の主は、一部屋を埋め尽くす時計のコレクション。「一ヶ月に数秒の違いもない」と言ったのは水晶針のクォーツとか。

先にも触れたが、三月中旬の大石忌には徳利と盃《さかずき》を特別に誂《あつら》え、顧客に記念品として贈る。売り物ではない心意気は正真正銘、祇園甲部の気高さであり、揺るぎもしない祇園甲部の真骨頂。

祇園の人々

小学校の同級生に四条河原町上ルの電器店の主、ホンダさんが居た。父と将棋をさしていた。眼瞼下垂《がんけんかすい》で〝夜明けのホンダ〟と呼ばれていたが、住まいは吉田界隈。徳兵衛は「帝国大学の近くに住んでいるホンダは、流石《さすが》に言うことが儂とは違っていた」と。

吉田は帝国大学一色に染められた学生街。

京都で初めて出来た学生食堂が御蔭通の北に遺《のこ》っている。パリならばカルチェラタンであろうか。

足繁く、夜ごと日参するのは祇園の女将さん。十三歳で四国より「おちょぼ」として働き、上り詰めた名物女将。

「旦《ダン》さんのお金で買えへんかった女の人は、後にも先にもお母さんひとりどすぇ」と私に告げた。

捨てられた娘だが、少し誇りを感じたのを憶い出す。最後まで父とは情愛深く睦まじい間柄であった女人。

建て増しした造りの二階での情事。

その始まりから体位までを階下の女中達が知っていたのには驚いた、と語っていた。私は父同様、朝は滅法弱いが、一度だけ昼前に訪れたことがある。松おばさんの給仕による、香ばしく溶けるバターの匂いとトーストの焼ける芳香が食卓に漂っていた。バターをのせて焼くと一点が焦げずに香ばしさがなくなる。「儂は焦げたんが好きや」と松おばさんに注意を促した。

女将さんが「堪忍どっせ、こんな格好で」とガーゼの寝巻き姿を謝ったが、父は「この娘《こ》は真由子と違《ちご》うて捌《さば》けた娘やから」と応えた。

捌けているのではない。〝外子《そとご》〟の名称は私に付き纏い、逃げ出す勇気はなかったからである。

上女中に我先にと手を付けた父は、昭和六年と八年に二人の娘を産ませた。

既に花街での男、女の子を認知しており愛情などさしてない奉公に来ていた登子が産んだ娘には、格別の思いがあったようだ。

歯ショ——歯並びが悪かった登子の遺伝子は、長女真由子に受け継がれたが、既に昭和十三年頃の小学校低学年で矯正し金具を付けていたという。

女の美しさに歯並びは必要不可欠の要因となると説く徳兵衛は、真由子に施術していた。

ＢＣＧの醜い注射痕はノースリーブを着る時に露呈するからと、校医に影響のない大腿部にと申し入れ、他の児童とは異なる部位のツベルクリン注射であった。

御蔭通の洋館には、水虫になるからと玄関口に手足用の消毒液を置いていたという。

捨てられた外子《そとご》とは雲泥の差。


生前認知した花街の外子《そとご》にもそれなりの情愛を注いでいるが、祇園の芸者に産ませた男の子は、海産物問屋との身請けが決まっていたのを横恋慕して出来た、唯一の男の子。

嬉しかったのであろう。喜びそうな玩具を持って足繁く訪れたらしいが、芸者の母親は、「慎ましく暮らしているのに、そんな高価な物を。たまに来て、子の気を惹くようなことばかりされたら……」と言ったらしい。

母親なりの息子の教育でもあったのだろうが、施毛《つむじ》を曲げた徳兵衛は二度と敷居を跨ぐことはなかった。

母としての当たり前の言い訳にも聴く耳を持たない性格の根幹にあるのは、幼少時薪炭《しんたん》問屋を営み且つ大地主の跡取り息子で、三十六人の上女中、お吉という乳母の寵愛を一身に受けた何ひとつ不自由のない生活が、徳兵衛の揺るぎない人生哲学を形成していたのかも知れない。

薪炭問屋の間口は十八間、玄関は高瀬川に面している。

当時の豪商達が大阪からの搬入路として造成されたという高瀬川は、二条の一の舟入りでの終着点。伏見の角倉了以《すみのくらりょうい》の石碑には、先代徳兵衛の名が五円以上の寄贈者名に刻まれている。

石碑の建立は明治三十二年十二月。父、徳兵衛の生後四ヶ月の頃である。

先代は父の元服時に亡くなり、次男であったらしいが、自分の罹《かか》ったスペイン風邪が長男を早逝させ、その財を受け継ぐ跡取り息子となる。

乳母のお吉は「坊《ボン》ちゃん、坊ちゃん」と可愛がり、蔵の中で一物の開眼をさせたというが、お吉の女芯が、子供の眼にはこんなに見えたと両手を拡げて輪を描いた。

お吉が女中奉公を終えて帰郷する後ろ姿を見送り、母親を失ったような寂しい気持ちになったという。


薪炭問屋に加えて界隈の大地主。

「いろは横丁」という通称名の四十八丁の長屋があり、一筋ごとが背中合わせに並んでおり、生活の基軸となる井戸は一丁ごとには無く二筋ごとであったとか。

当時、ライ病（ハンセン氏病）に罹病《りびょう》した患者も井戸の水を汲み、

「坊《ボン》ちゃん、鼻の穴が空いた人や指の溶けた人が同じ釣瓶を持つさかいに、気持ち悪うて……」と懇願に来たという。

正確な知識を持たない無知は必要以上の苦しみを与えていた。


大きな丸い炭団《たどん》が、乾燥させるために天井に一面に並べられていたという。

或る男は炭団《たどん》にカラゲシ（けし炭）を混ぜて売り、大儲けをしたそうな。

早くイカり（熾り）早く消えるから、倍々ゲームの売り上げであったのだろう。

徳兵衛の二度目の再会から、私との距離は急速に堰を切ったように縮まっていった。

海外旅行

或る日、たまたま目にした学生のロシア・欧州の海外旅行のポスターに私の心は躍った。既に徳兵衛は海外旅行自由化の一九六四年、東京オリンピックの年に芸者衆を率いて欧州旅行に出かけていた。着物姿の芸者衆を見てフランス人は、この男は何者か、と凝視していたという。

膨大な写真は吉田の光楽堂さんが注文を受けて、艶消しの白枠のない焼き方。ポスターに触発され、早速九条山へ一目散。

一つ手順を違えて逆鱗《げきりん》に触れようものならば、全てはオジャンとなる。私は言い方の手順を十個近くメモして九条山へと向かった。

月々六〇〇〇円が私の小遣い額だが、本代と旅行代は見聞を広めるからと別枠扱い。

ＪＴＢの学生ツアーの費用は昼食代を含むと五十三万円。大層な額となった。

シベリア鉄道の経験はなかなかできないからと、ツアーの参加を認め全額出してやると言ったのに、突然「儂は半分の親の責任しかないから」と半額を出すと。

青褪《あおざ》めたが、一日でも早く世界を観ておけと、旅費に日々の経費として二十万は必要だろうと合計七十万とし、その半分を出すということになった。

嫌な男だと興醒《きょうざ》めしたが、私はどうしても行きたかった。十歳の頃から貯金していた一〇〇円、二〇〇円のお年玉の総合計、なけなしの十三万円を全て郵便局から下ろした。

西陣の養父は徳兵衛とは相反する保守的な考えで、日本も知らんのに何が世界やと嘲笑する人だったので、一切金銭の不足分など口外はしなかった。私は諦めなかった。


一九六五年七月十六日、大学の友人の色鮮やかなテープに見送られて、横浜から「バイカル号」に乗船しナホトカ港へ。下船に長時間手間取ったが、何とか降りたナホトカでのジャム入りのロシアンティーは五臓六腑に染み渡った。

ツアーの学生は総勢八十人で、京都からの参加は私と、千本中立売で「マリア」という喫茶店を経営していた年輩の男性が特別扱いでの参加。

関東圏のお坊ちゃま、お嬢ちゃんとは程遠く、なけなしのお年玉を叩《はた》いて飲まず食わずでもと参加した私は異色であったが、平凡さは時として壊滅的な絶望感を生むが、カオスの塊は強大なる生命のエネルギーの根幹となる。

シベリア鉄道の寝台車は日本の五十二センチ幅よりも狭く、寝相の悪い私には怖かった。何の抑揚もないロシアの草原は見飽きたが、乗務員のほとんどは肥満体の女性であった。モスクワからレニングラードへの鉄道旅。

「北京飯店（北京ホテル）」での昼食を終えて、一時間少しの自由行動が許された。徳兵衛に買ってもらった『世界文化地理大系』の「ロシア」には、モスクワの地図が付いていた。

私は地図を頼りに北京飯店から地下鉄に乗った。五十メートルほどのエスカレータは木製であった。地図を頼りに七つ目の駅で降り「トレチャコフ美術館」をと探したが、皆目判らず断念し、公園のベンチに座り日本の歌を口遊《くちずさ》んでいた。

集合時間の一時より少し早めにと、十二時半に降りた駅の反対の乗降口から地下鉄に乗った。七つ目の駅で北京飯店に着くはずだったが、降りた駅はとんでもない郊外の過疎地、タクシーなどない。ブルドーザーが整地していた。

軽自動車が通りかかった。私は前に仁王立ちとなり、両手を振って車を止めた。「マンジェ、イート」とジェスチャーで食べる仕草。

運転席の男性が「ダァ」と頷《うなず》いた。助手席に半ば強引に座った。車のラジオから「庭の千草」（アイルランドの民謡）が流れていたが、頑なに涙を抑えるのが精一杯で音楽を聴く余裕などなかった。辺りの景色を凝視し、町の景色を確認していた。

二十分ほどで彼は北京飯店の前に着けてくれた。

溢れる嬉し涙で「スパシーボ、スパシーボ」と両手を握り別れを告げた。日本からの飾り扇子のお土産を渡そうと思ったが、まだまだ先のある旅であり、私の守備本能が遮った。その渡し損じた扇子はまだ手元に残っている。

その日は一日中、嬉し涙が止まらなかった。

京都に地下鉄など無い時代、単純に七つ目の駅。往き帰りの乗降口を変えたところで縦横無尽に走っている路線。愚の骨頂である。

旅行会社の添乗員、岩崎、伊東さんは学生が遅れるのを想定し、一時間先の出発時間であった。

モスクワからレニングラードへの出発駅の情景は、瞬時に脳裡《のうり》に蘇る。何とか迷子にならずに私は帰国した。

未遂

帰国すると、九条山の家に新しい若い女中が福知山から来ていた。色白のポッチャリ型で、私より一歳年上の彼女は、徳兵衛に車の運転免許を取得させてもらい、東京からの差し押さえのプリンスに乗っていた。徳兵衛が自家用車として乗ろうと考えたのであろう。

私にも免許を取れと。金は出してやると促した。

人の褌《ふんどし》で相撲がとれるならばと私は快諾したが、元来、極めて鈍い運動神経で体育は苦手。徳兵衛は若い間に取得できるライセンスは全て取っておけとの人生哲学。西陣の姉達は車の免許など誰ひとり持ってはいなかった。

少しでも安くと、大学の友人が土地を貸しているというデルタの長岡教習所まで、西陣から遠路遥々《はるばる》私は通った。何とか全てギリギリで合格し、記念写真などを撮ったが、女の受講生は数人のみが写真に写っている。

徳兵衛は「儂は車検があることを識らなんだ」と呟いた。差し押さえのタクシー仕様のプリンスは鉄の塊でしかなかったが、盗難車のルノーの一台とヒルマンミンクスの一台のみが残った。

ミンクスは「じゃじゃ馬」が語源だとか。ヒルマンが私の愛車となった。

「免許を持っているだけでは意味がない。乗って慣れることが大事だ」と、徳兵衛はヒルマンをくれた。

友人紹介の受講料は大した値引きにはならなかったが、ヤルだけのことをヤッての結果には満足感があり、悔いはない。


私の人生は、徳兵衛との出逢いからアクティヴに動き出していた。西陣の養父との距離が離れてゆくのを肌で感じていた。

大きな亀裂は〝ステレオ事件〟が発端で口火を切った。

東京の文通相手の部屋にはステレオがあり、ボブ・ディランの「風に吹かれて」は聞いたこともない旋律。ステレオが欲しいと寺町四条下ルの電器店の集まる商店街で、月々の小遣いでの月賦を契約してきたが、未成年であるため親の承諾が要り、電器店が確認に訪れた。

西陣の父と徳兵衛の共通点は、音楽関係への理解はゼロ。西陣の父は激昂《げきこう》したが、祖母のカンパからパイオニアのセパレートタイプのステレオを求めた。ローンで十二万、一括払い金は九万であった。

西陣の保守派の父の堪忍袋の緒は切れた。

「徳兵衛の方が金持ちやから、お前のホンマの親やから帰れ」と言う。

仲介役となったのは、養父と共に立命館で学び高田馬場まで司法試験を受けに行った周東忠治弁護士であり、西陣の父は不合格であったが忠治氏は合格しており、弁護士としての初仕事の差し押さえに来たのが徳兵衛の家屋敷だった。

こいつはなかなか筋が通っている男や、と付き合いが始まったという間柄。

熱血溢れる忠治には、婚姻前に子を産ませた「久美さん」がおり、宇治のT小学校の国語の教師を懲戒免職処分となっての司法試験の受験である。

「弱きを助ける国定忠治と同じ名前や」と言う忠治は、ズボンからはみ出したシャツをも厭《いと》うこともない、鷹揚でゾンザイな性格の弁護士。

徳兵衛より一歳年上の戌《いぬ》年明治三十一年生まれ。

帰れと言う西陣の父に徳兵衛は、「儂は毎晩女を抱き自分の娘すら別枠での寮生活をさせているのに、今更二十歳の小娘の教育はできない」と言う。

二人の父の話し合いは数回に及んだ。

西陣の父が帰宅し、

「昔は男前やったがなぁ。あまりに変わっていて驚いた。苦労したんやなぁ」と呟いた一言は胸を突き刺した。

話は堂々巡り。私はピンポン玉のように転がされた。誰ひとり私の気持ちを訊《たず》ねてはくれなかった。

もう人生を堪能した、六十を超えた三人の男達。

私さえ居なければ全ては解決するのである。

生母に連れられて再婚先に行った姉も、能登の七尾で心中して、もうこの世にはいない。

青酸カリによる服毒自殺。三十六時間はチアノーゼの生体反応は現れず、宛《さなが》ら現身《うつしみ》での様相から時を超すと、ドッと壊れる細胞組織。

死因が真っ当でない事故死は、樽《たる》製の座棺となるとか。ボキボキ骨を折り納棺されたという姉。検視医は、こんな美しい裸体を見たことはないと呟いたと聞く。

そう。私も姉の待つ処《ところ》に逝こうと決めた。

セデスの二〇〇錠入りのビンを前にコップの水と睨めっこ。深夜十二時から四時間、やっと飲めた。

階下の柱時計が、五分進んだ時を響かせる。

だが二〇〇錠は喉を通らず、七十五錠で諦めた。後遺症の知識も何もない無謀さ。もがき苦しんでも逝けるようにナイロンのストッキングで首を縊《くく》り、ベッドの金具に留める。

驚くほど鎮まり、何の動揺もなかった。五分で意識は遠ざかり、これで逝けると穏やかな心は何の混ざり気もなく澄み切っていた。

父二人に遺書を遺した。

どれだけの時間が経ったのかは不明。

「千鶴子！　千鶴子！」と右の頬に触れる登志枝からの目醒めは、天国にも天井の桟があるのか……と蘇った不思議な感覚。

初夏の微風に吹かれて裏庭の松の枝の葉が揺れた。生きている倖《しあわ》せを理由もなく受け止めていた。

二十歳。六月十九日は、奇《く》しくも徳兵衛の母きさの誕生日であったことを後日知る。

姉、千代の死に対して徳兵衛は涙ひとつ流さず、

「好きな男と一緒になって死にたかったら死んだらえぇがな。死にたい、死にたいと思うような人間が生きていてもロクなもんにはならん」と。

姉の遺書には、母へ「生まれたままの身体で死にます」と涙に滲《にじ》んだ文面で、徳兵衛の言う「一緒になって逝ってはいない」と立ち合った伯父は言う。

姉の心中時の徳兵衛の台詞《せりふ》から、叱られると覚悟していた。なんで生き残ったのかと言われるだろうと。

半年ほどして九条山へ。罵声を浴びせられると思ったが、意外な言葉が返ってきた。

「心配したんやでぇ。お前は運命の流れに逆らって泳ぎ苦しんでいるが、賢い犬は運命という流れに身を委ねて流されて、安全な岸に辿り着く」

と説いた。目から鱗《うろこ》。

今で言う二三〇億の金を遣い果たし、無一文となった徳兵衛。

地獄の底を這ったであろう日々も経て、奈落の底から這い上がってきた父の言葉は重かった。

仲介人の周東忠治は、

「お前は男と女と違うだけで徳兵衛と同じや。お前の人生、一筋縄ではいかんでぇ」と。

流石《さすが》、弁護士の千里眼は凄い。一筋縄では括《くく》れない人生が私を待っていた。

摘発

一九六七年九月十二日、国税局査察の十七ヶ所の手入れ。五千万の脱税の摘発。徳兵衛が過去三十六年間、メモに近い日記を書いていたのが仇《あだ》となったが、福知山から来た女中の安さんは三〇〇万ほどを猫ババしており、発覚を怖れて全ての証拠書類を焼却していた。悪質者には七年遡っての追徴金が課せられるが、途中の証拠隠滅により軽減されたらしい。

十七ヶ所の手入れ先に、月々六〇〇〇円の小遣いしかもらってはいない私の家には捜査は入らなかったが、国税局は娘の千鶴子が居ると知っていた。同名だった女優の千鶴子は泊まっているが、娘は泊まっていないと。

法的な書類に徳兵衛が父親だと明記されたものは無い。私の戸籍簿は父の認知した非嫡出子。母菊丸の記載は二人が婚姻届を出すまでの二十年間、空白。

手入れの早朝、寝室への階段の扉の施錠を、たまたま忘れていたという。夜ごと日参する祇園の女将との寝込みを襲われた。

一ヶ月ほどの臭い飯。配膳されたのを綺麗に平らげると、看守が、

「こんなもんを食べてくれはるんですか」と驚いたというが、

「儂は、ちくわ、みたいなもんいは喰《く》たことがないので美味しかった」という。

寵愛の真由子は、友達から「アイスケーキ」と揶揄されて泣いて帰ったらしいが、真由子の婿の募集は昭和三十一年頃の京都新聞に真由子のプロフィールを載せ、数十人の候補者の中の一人、花背《はなせ》の大地主の息子との話が整った。

もっと考えて選べと促す徳兵衛に、

「お父ちゃんみたいな男は嫌いや。お母ちゃんを大事にせえへん男は大嫌いや」

と、僅か二ヶ月弱でトントン拍子に話は進み、十二月半ばには結婚式。

昭和三十一年頃に、一般常識などなどをものともせずに、今のインターネット版みたいな婿選びをやってのける徳兵衛だった。

全ての財産管理を真由子に託し、その九条山での仕事は深夜に及んだらしい。

婿は、もう少し早く帰宅させてほしいと妻の帰宅時間を申し出たが徳兵衛は、

「お前の妻になる前は儂の娘や」と怒ったと聞く。

二人の娘を「戦後は英語の時代や」と女学校から同志社大学へ転校させた。二歳年下の次女は同志社からＮＨＫに入社。

「儂の父親としての役目は終わった」と安堵した。

「長」と「次」の線引きはクッキリと区別されていた。

無論、国税局の手入れは真由子の嫁ぎ先にも入っているが、十七ヶ所のほとんどを私は知らない。


査察の手入れから五年経った七十三歳の徳兵衛。

私は頼りない徳兵衛の主治医扱いとなり、京大へ胆のうの検査予約日で早朝、九条山へと迎えに行った。

二月二十二日。松おばさんから、徳兵衛が昨夜病院に担ぎ込まれたと告げられ、すぐ病院にと勧められた。

外子《そとご》の私を優しい笑顔で包んでくれたのは、二条城南で生まれ育ったという生粋の京女の松おばさん。

ＮＨＫに入社し、新日鐵の夫との結婚をしていた次姉の喜代子は堺在住。

「喜代子さんが着かれる前に早く病院に行け」と私の存在を庇《かば》ってくださった。

大市のすっぽん料理が、鎮座していた胆石を動かしたらしい。残った雑炊を、

「勿体《もったい》ないから持って帰る。冷めた雑炊も美味しいもんや」

と祇園の女将達と食べた後の発作。

木屋町御池角の高折病院に到着すると、妻の登子さんが傍らに付き添っておられた。喘《あえ》ぎながら父は「挨拶をしなさい」と促し、「千鶴子です」と応えた。

登子さんは細身で眼鏡を掛けた人だった。

父は相当苦しかったであろうが、断固として「こんな町医者に手術はさせない」と拒んだ。

院長先生は橋本関雪の娘を妻に持つ先生で、執刀医の高田先生は井上流の愛弟子・友子さんを娶る。先生は、

「おっしゃりたいことは判りますが、いくら元気でも七十三歳の身体は七十三歳の細胞で、今の状態は一刻の猶予もない」と告げた。

立派な先生だと思った。口汚く罵る徳兵衛に穏やかな対応をされる高田先生は凄い。

生命の保証すらできない状況にあるという。

喜代子さんが到着し、五時に手術室へ入る。娘二人を立ち合わせてほしいと父は頼んだが、とても素人には立ち合いは難しいと断られた。

初めて逢った異母の次姉とヤギシタさんという男性と、近くのロイヤルホテルで食事をして待った。

午後八時過ぎに手術室から出てきた父。高田先生が真鍮の勾玉型の容器に採れた胆石を見せてくださった。煙草を何十年も吸う父の石は茶褐色で、五センチくらいの宛《さなが》ら「路傍の石」。

「石は取り除けましたが、腸壁を突き破って止まっており出血が酷く、これ以上は危険と閉じたので助かるとは思わないでください」と。

とにかくガスが出なければ、腸壁の穴が閉じられたかは判らない。

看護婦さんが連日、「ガスは出ましたか?」を連発。

四十日近くなり、ガスが出た。

徳兵衛は生還。痛みに喘ぎながら、

「儂は真由子の誕生日に入院して、父親《テテオヤ》の祥月命日に死ぬのか」

と言ったことを憶えている。入院日は二月二十二日、父親の祥月命日は二月二十五日と後で知る。

毎日病院に通ったが、徳兵衛にメロンを買ってきてくれと言われ、渡されたお金でメロンを買って病室に戻ると、徳兵衛の罵声が……。

「誰がこんなメロンを買えと言うたか！　棚落ちしたメロンでえぇのや！」と。

最初に棚落ちしたのを指示してもいないのに、病人であり特別な日常、ケチ徳は命の瀬戸際に居てもケチ徳。

毎日病院に通うのを祇園の女将が、

「もうちょっと、遠慮しはらなアカン」

と、外子《そとご》の私に忠告した。

周東忠治の息子が毒物混入粉ミルク事件の弁護士で、常々息子には国相手の裁判など勝てる見込みはないからと忠告していたが、この時は息子を称え、「赤子に右も左もあるも

んか」と言った。同じ理屈、

「子に内も外もあるもんか！」

私は心で叫んだが、病室への日参はやめた。

花街の世界の因習に根付いた偏見は哀しかった。

結婚、そして別れ

ダイヤモンドの卸商から求めた無色透明の稀少価値の石が手に入り、「お前にやる」と言った。

私の指は太く、男並みの18。徳兵衛は立爪型のプラチナで誂えた指輪をくれた。

右手の薬指に付けたが硝子玉にしか見えなかった。自分が今、このダイヤに相応しい女ではないので硝子玉にしか見えない。これと対等の不動産が欲しいと徳兵衛に伝えた。

キャラットは小さいが、当時で一七五万の石だという。

私の指からダイヤは消えた。

提示された金額は片手。

諸々の物件を探したが、ピタッとくる不動産物件はなかった。

昔の土地の評価額は低く、登志枝から弟の父へ与えられたであろう一乗寺の土地。既に菊丸用に家が建てられていたが、隣接地には少しの更地があった。

西陣の養父は「そこに建てたら?」と助け舟。

僅かな空地にダイヤと対価交換した家を建てた。数え年二十五歳の子年《ね》。

徳兵衛と二人、ドアのノブの高さを身長から割り出し、右開き左開きも利き手に応じた開き方。台所の流し、ガス台、冷蔵庫の配置は利き手に応じた動線の少ない配列。

徳兵衛と外子《そとご》の至福の時間《とき》であった。

徳兵衛の勧める極上の見合い話を断り、中学の同級生と結婚し、ダイヤで得た対価交換の小さな家が新居となった。

全ての人々の反対を押し切り三条教会で挙式する。駐独大使の息子、児童心理学のM先生の仲人。

仲人のM先生はポツンと言った。

「君のお母さんと僕は結婚していたかも知れない」と。

実母が十九歳の頃、M先生の両親が娘さんを嫁にと申し出られたとか。母は十九歳であり「娘の結婚はまだ」と登志枝は断ったらしいが、直後に夫は急逝している。不思議な運命の回遊。

栄養剤を常飲していた西陣の父は便秘で苦しみ、第二日赤病院に救急搬送され、日付の変わった深夜に急逝した。戊年の五月十九日。

その栄養剤については前述したが、「米国での認可はなく、飲み続けることで心筋梗塞のリスクが高まる」という記述があった。

その十二年後の戊年五月二十八日、徳兵衛も逝く。

思い描いていたとおりのボイコット。お山に同行したのは先斗町《ぽんとちょう》品子の外子《そとご》のみ。私は蚊帳の外。

事情を識る弁護士が、「死後認知は三年以内」と教えてくれた。

折り合いの悪いレースの手袋の女、生母も存命であり、戸籍上の母菊丸も存命。

二年半の沈黙の後に、京都地方裁判所への提訴。

相手側の弁護士は、次期総理大臣かとも巷間《こうかん》流布されたN氏。

まず菊丸が産んでいないことを告げ、生母も母子手帳などを提出。徳兵衛が出した昭和二十年四月十九日の速達扱いの葉書と、姉、千代の折の五六〇円と、私の誕生時の直後に振り込まれた一二〇〇円の郵便貯金。

お産の費用かと思われる。

N弁護士側と喜代子は、私は徳兵衛の娘ではないと主張する。母親が不品行で誰の子か判らんと。死んだ姉、千代は喜代子の妹として戸籍簿に記載されており、娘ならば祇園、先斗町のように生前認知をしているはずだと。喜代子はN弁護士の入れ智恵であろう、「逢ったこともない」と白々しい嘘《うそ》を証言する。

胆石の手術時にも、九条山でも逢っている。

宛《さなが》らテレビドラマの弁護士ゲームのような展開となる。

私を救ったのはDNA鑑定。

平成八年十月から、裁判所に於ける正式な証拠鑑定となっていた。

相手側が鑑定を求めた。

検査費用三十五万を各々が出し合うが、勝てば返ると言われ応じた。

喜代子と私の居住地点の、半分の距離の地点であろうか。大阪の福島で生母と私の採血。

約一ヶ月後に喜代子の採血となった。

帝人のバイオの会社での鑑定は二種類。私は七つのバンドのうちの四つが徳兵衛と一致。私の血から生母の血を差し引き、半同胞間の喜代子との一致率を鑑《み》る。異母姉喜代子との一致率は三十三パーセント以上。

他人の空似でも十三パーセントくらいの一致率があるらしいが、三十三パーセント以上の一致率は半同胞間でなければ有り得ない数値である。

判定結果の誤数値があるならば、コンマから下四桁での確率。

鑑定結果に「父」との記載はなかった。法的な独特の婉曲《えんきょく》的な言い回しで記されていた。

勝てば戻ると言った弁護士だったが返金なし。

弁護士の派閥はドロドロの裏舞台。

裁判所の判決主文には、

「原告は生前一度も徳兵衛に認知を求めたことはなく、既に生前認知している花街と同様に原告を論ずることはできない」

最後の一行に涙が溢れた。

平成九年八月七日、死後認知裁判で勝訴した。

同年九月二十四日、五十二年の年月を経て、生母が出生届を区役所に提出する。生まれて五十二年目の出生届など、ザラにあるものではないだろう。父の名「徳兵衛」と戸籍簿に記載された。

戸籍法の複雑さを識《し》る。婚外子は母方の籍にしか入籍できない。

祇園、先斗町の異母の婚外子の籍は知らないが、死後認知裁判により徳兵衛の戸籍簿記載。徳兵衛との死後認知裁判であり、母の名は記載されてはいない。

早逝した千代は死ぬまでに三度苗字が変わり、生母とは養子の続柄。

生母が裁判で提出した昭和二十年四月十九日付の速達葉書には、

「子供の事で諸案相談致し度く…（中略）…四月二十二日夕刻六時に登志枝に在宅を願う」という主旨であったが、生母は子供が宿ったとの見識で提出しているが、妊娠の予定日は最後の生理の月に九を足し、日は七を足すのだと不妊に詳しい西陣の異母の末姉が教えてくれた。

いよいよアガサ・クリスティ並みの推理。

私の出産予定日は一月三十一日であり、生母の最後の生理日は前年の四月二十四日であろう。

生理の遅れに気付くのは五月であり、徳兵衛の「子供の事で諸案相談致し度く候」は姉、千代のこと。

その翌日に身寄りのない笹原マサとの養子縁組をし、千代の後見人として財を奪っている。

登志枝への葉書の来訪日の四月二十二日、七尾で姉は死んだ。

徳兵衛は千代の通称名「桃林」を苦々しく思い、「中国人みたいな名前を付けて」と揶揄していた。

生母が神戸に中国料理を習いに行き、京都駅で終電車まで待ったが母は帰っては来なかった。

姉が生まれた時、「儂の子ではない」と言下に言ったらしい。

私が生まれた時には、「儂の子や、儂の子や」と小躍りして喜んだという。

全ての謎は解けた。

生母はなぜ乳呑み児の私を捨て、四歳年上の姉を連れて再婚したのか。生母もまた、女の第六感で判っていたのだろう。

私と姉の父は、同一な男ではなかったのだ。

不倫、不倫の果てに生まれた生命。渦巻く泥々の世界。全て鬼籍に入った父母。

母は私を捨て、平然と嘘に嘘を重ねて生きた。相反する徳兵衛は阿漕なことも相当したであろうが、全てに於て嘘は無い男であった。

「もう少し終戦が早ければ、お前は生まれてはいない」と聞かされたが、徳兵衛の四十七歳の娘として生まれた。

「儂は桜より木蓮《もくれん》が好きや」と言ったが、祥月命日の五月二十八日は遅咲きの木蓮が咲く。

同じ干支《えと》の戌年の五月十九日、二十八日に二人の父は逝った。

家紋も同じ「丸に鷹《たか》の羽違い」。右重なりと左重なりの相違はあるが、同じ家紋である。

西陣の父の焼香は二〇〇〇人を超えていた。徳兵衛も九条山からタクシーで焼香に来てくれたが、たまたま乗ったヤサカのタクシーは一二〇〇台を有する会社で、父の焼香時に「昔ここでお嬢ちゃんを降ろしました」と。二十年近い年月を経ての記憶と、同じ運転手に遭遇した不思議。

蹴上《けあげ》にある佛光寺廟《びょう》の高台に徳兵衛は眠る。

地下室には四〇〇年以上前のお骨が棚に並んでいる。建墓は「明和三年丙戌《ひのえいぬ》」であり、こじつけに近いが私の生まれた年と同じ丙戌《ひのえいぬ》。生まれた日も戊戌《つちのえいぬ》である。

由緒正しき家で十一文字の戒名をもらえたが、徳兵衛は空華《くうげ》とし、朱ではない黒で彫り逝った。

あなたに

もしもあなたが此処にいて
散らかり放題の部屋を見て
笑うならば笑うがよい
けれど私は知っている
あなたの部屋も又
極まりなく散らかっていたことを

もしもあなたが此処にいて
私の老醜を嘲笑するならば
外子の私を悉く拒絶し
突き放された魂がどれだけの
寂寥感と屈辱を私に与えたかを問いたい

もしもあなたが此処にいて
私との対話が可能であるならば
莫大な負債を抱え
死を選ぶことなく生き抜いた
あなたの娘にひと言の言葉が欲しい

数十年前　未遂の果てに
生き残った私へのメッセージを忘れてはいない
私に与えられた唯一無二の
慈愛に満ちた生きる道を諭した言葉だった

あなたの外子《そとご》で生まれた私は
やがてあなたと同じ黄泉の国へと旅立つ
やっとあなたと私は巷間に溢れる父娘となる

合掌

あとがき

人生の終焉も間近に迫り、父との記憶の数々が日々薄れてゆく寂寞感。

出自からくる僻みがありながらも、身に余る二人の父の寵愛を受け、生きた今日までの軌跡を書こうと思った。

恨みを紛らわそうと踠《もが》けば踠くほど、恨みは私を縛り、食い込んでくるのだ。


それでも、授かった二人の子の母となり、苦労の種と生きる糧は同じだと覚醒した。

そこに存在したのは、迎合せず、群れない一匹狼の父。

一生涯肩書を付けない、人生を謳歌した父。

孤独を友として泰然と生きた父。

娘として四十七歳の父から授かった〝生《いのち》〟。

父同様に孤独は私の終生の友となり、己を励まし、父に向けていた僻みのエネルギーが私を動かし、突き進むマグマになったのだと悟った。

岡本太郎が、岡本かの子のことを「母」とは思わず、同胞、共に闘う共同体みたいな表現をしているが、それと同じで、徳兵衛を「父」とは思わないが、私の人生の羅針盤、道に迷った時には北斗七星となり、私を照らし続けてくれた。

日々朧気になる遠い記憶を今一度手に取り、父の与えてくれた一握の愛の欠片を弄《まさぐ》り、書き留めたいと念じた。

逝きて今年で二十九年となる。生まれる前の母子手帳には「中嶋緑」との記載はあるが、出生届は出されぬまま。

真実の出生届は生後五十二年が経ち、提出された。性別以外は全て訂正されて、父と母の名が並んでいる。

二人から遺された日々を生き抜いていきたい。

著者プロフィール

中嶋 千鶴（なかじま ちづ）

1946年1月24日、京都市上京区で出生。

京都市立修学院小学校入学（2年生まで）。

京都市立西陣小学校卒。

京都市立上京中学校卒。

京都府立朱雀高等学校卒。

京都成安女子短期大学意匠科卒。

KFCファッションスクール1年在籍（立体裁断）。

武者小路千家茶道文化学院にて茶道、西洋料理、中国料理、懐石、洋菓子を学ぶ。

小原流一級家元教授。

玉城紅竹、日比野光鳳に師事。

水穂会無鑑査（準同人）。

1987年から22年2ヶ月の間、京都YMCA本館及び修学院北部教室の書道講師を務める。

空華《くうげ》 五十二年目のただいま

2024年7月15日　初版第1刷発行

著　者　中嶋 千鶴
発行者　瓜谷 綱延
発行所　株式会社文芸社
〒160-0022 東京都新宿区新宿1－10－1
電話 03-5369-3060（代表）
03-5369-2299（販売）

印刷所　図書印刷株式会社

ISBN978-4-286-25301-5　JASRAC 出 2400586－401